【珍藏版】

海上三坊七巷

贞尧仔 著

海峡出版发行集团
福建教育出版社

图书在版编目（CIP）数据

海上三坊七巷：珍藏版/贞尧仔著. —福州：福建教育出版社，2024.6
ISBN 978-7-5334-9973-0

Ⅰ.①海… Ⅱ.①贞… Ⅲ.①散文集－中国－当代 Ⅳ.①I267

中国国家版本馆CIP数据核字（2024）第098342号

责任编辑：黄珊珊
装帧设计：季凯闻

HaiShang San Fang Qi Xiang（Zhencang Ban）

海上三坊七巷（珍藏版）

贞尧仔 著

出版发行	福建教育出版社
	（福州市梦山路27号　邮编：350025　网址：www.fep.com.cn
	编辑部电话：0591-83779650
	发行部电话：0591-83721876　87115073　010-62024258）
出 版 人	江金辉
印　　刷	福州印团网印刷有限公司
	（福州市仓山区建新镇十字亭路4号）
开　　本	890毫米×1240毫米　1/32
印　　张	6.875
字　　数	106千字
插　　页	2
版　　次	2024年6月第1版　2024年6月第1次印刷
书　　号	ISBN 978-7-5334-9973-0
定　　价	53.30元

如发现本书印装质量问题，请向本社出版科（电话：0591-83726019）调换。

作者小像

　　贞尧仔，近耳顺之年开始创作散文、歌词等，作品散见于各级各类报刊。已出版散文集《番薯情》（2022年3月海峡文艺出版社出版）、哲学专著《寻求平衡》（2023年1月福建人民出版社出版）。散文《福榕记》荣获"福在八闽"全国征文活动二等奖。作词的歌曲《水润中华》《新路》分获中国当代歌曲创作精品工程"听见中国听见你"2022年度、2023年度优秀歌曲，作词的歌曲《看见》获评福建省庆祝中国共产党成立100周年歌曲征集评选活动优秀歌曲，作词的歌曲《拥抱太阳》《家乡的榕树》《家》等在省级相关比赛中获奖。作词的《三坊七巷组歌》已全网发布，被"学习强国"平台转载。

坊巷礼赞

（代序）

从这里走来

开眼看世界，师夷之长

物竞天择，图变求强

《天演论》，似在土地播撒春光

民气族魂为之变样

从这里走来

为天下人念，维新除顽

成仁慨而慷，《与妻书》天地震撼

国危难

敢把反帝反封建火炬点燃

科学民主传扬

从三坊七巷走来
为民族独立、人民自由解放
虎门销烟，甲午海战
江阴"破釜沉舟"，擎旗笑指枪膛
近代风云，荡气回肠

青石板，风火墙，志气骨气昂扬
踏实地，悟思想，而今更谱新篇章
史诗一卷，三坊七巷！

目录

一　因海而生 —— 1
二　福地重人 —— 7
三　海国情怀 —— 17
四　船政风云 —— 33
五　沧海一柱 —— 43
六　惊涛巨变 —— 75
七　守望宝岛 —— 123
八　商海气象 —— 157
九　坊巷春天 —— 177

后记 —— 181

附录
三坊七巷的海洋性、海洋精神/苏少伟 —— 185
为国为民情怀的大书写/苏少伟 —— 192
风从海上来，史由坊巷出/南竹 —— 196
沧海浪尖的风采/黄丽云 —— 204

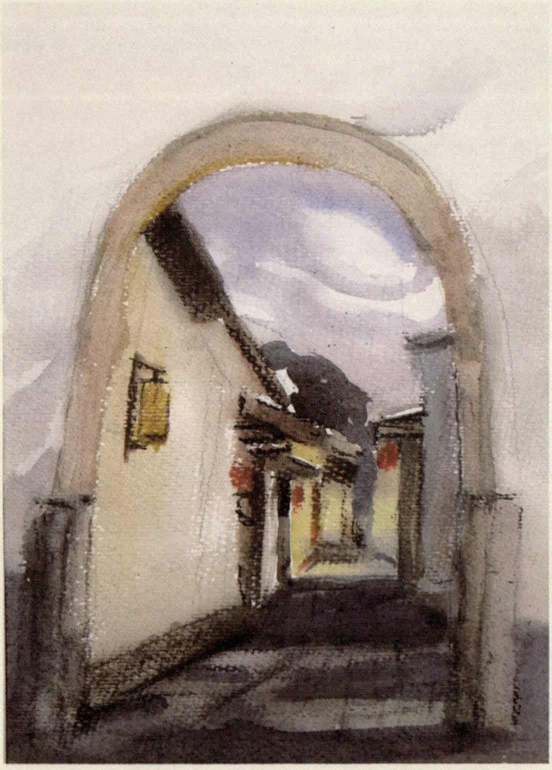

一　因海而生

"闽在海中",福州自古是水乡。三坊七巷形出水中,神在海上。

先秦典籍《山海经》记载:"闽在海中,其西北有山,一曰闽中山在海中。"据考证,先秦时期,福州地域处在庞大的海湾之中,越王山(屏山)、九日山(于山)、乌石山、惠泽山(大庙山)及周边均是一片水乡泽国,汉代以后渐次淤积,浮出陆地。司马迁所著《史记·东越列传》记载:"汉高祖五年,复立无诸为闽越王。王闽中故地,都东冶。"闽越族傍水而居,城池宫殿临水而筑。那时,福州鼓楼区大部分地方都在江河水域之中。明诗人王恭在《冶城怀古》诗中所述"无诸建国古蛮州,城下长江水漫流",证实古城之下水茫茫。

"思乡引飞山"之说代代相传,又从另一个侧面佐证福州少山峦。古之传说,基本缘于现实需要。闽越王无诸深谙"不习水土,必生疾病"的道理,异地他乡,气候环境、饮食习惯都发生变化,面对时空大变化,只有尽可能做到小环境少变化,如自带乡土、自做家乡的味道,以"换水土",又使他乡变"故土",才能让故人习水土,做到少生病,甚至不生病。传说当年闽越王无诸,为解族人离开山峦思乡之情、不习水土之感,或杜撰、或施法,从故乡会稽"飞"来一座山,就是如今新店桃枝岭下的升山,即所谓的"飞来峰",让乡亲放眼就见故乡山脉,他乡也成我乡,他乡我乡是家乡,浓浓乡情伴着建设家乡,凝心聚力在古城村(今新店古城遗址公园)一带安邦。明徐𤊹《游飞来峰诗》云:"江汇都从闽海去,山飞曾自会稽来。香灯供佛铺初地,丹药升天没古台。"又是传说又是诗,谁能说这不是历史的真实。

人向来不满足于现状,缺了就争取补足,少了就想着多。

福州先人也如此。少陆地,填海造地;城不足,围海建城。福州自古向海而生，每次拓城，都是向海向海再向海。自"巨大泽中"的汉"冶城"始，晋扩"子城"、唐筑"罗城"、梁夹"月城"、宋拓"外城"、明砌"府城"，每扩张一次城，均凿护城壕以增强防御，修水道以便于交通。至元明清，福州内河交织，山溪入城汇集成河，河成于海之上，河海相连，河通江海，随着潮汐一进一出、一张一弛，溪水、河水、海水交融，源头活水顺流逆流不息，聚力顶托起波澜不惊、生生不息的"有福之州"。福州城是从水中成长起来的城市，因此有"浮"福州之说。或许，这也是"海纳百川"的物质根基。

福州"浮"于海，三坊七巷自然在海上。三坊七巷街区位于福州冶山西南、乌石山北面的片区，东自南大街（八一七路），西至通湖路，北始杨桥路，南终安泰河。三坊七巷起于晋郡守严高建的"子城"，从而现雏形。宋淳熙《三山志》载："循城出虎节之东，曰东衙。""循城出虎节之西，曰西衙。旧有西总门；出其南，小巷经纬三。"当时虎节门外的大壕又名大航桥河，航运已繁忙。宋《闽中记》云："前桥河，晋严高开，舟楫往来，因名大航。"《三山志》还载："旧黄巷，永嘉南渡，黄氏已居此。"由此可见，

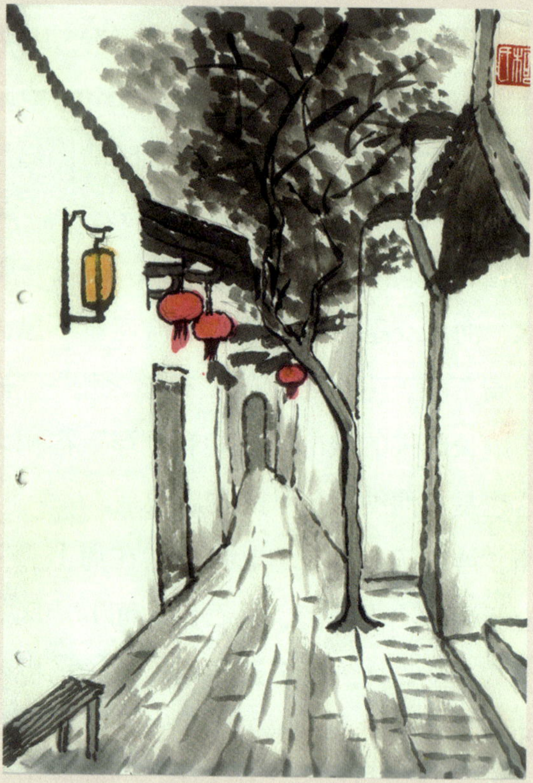

这里已逐渐形成了居民区。

唐天复元年（901年），闽王王审知"养地保民"，大规模修筑罗城，其南门称"利涉门"，已扩至安泰河沿。罗城的结构布局，构成严整的坊巷。《三山志》"罗、夹城坊巷"的条目中逐一记载了今三坊七巷中的三坊六巷（缺吉庇巷）。至唐末，三坊七巷的格局已基本形成。随着城池的不断拓展，至宋代，三坊七巷已成为福州达官显贵、文士名流的聚居地。历明、清，特别是清中叶至晚清，更是发展到鼎盛时期，三坊七巷已入诗中。清进士刘心香诗云："七巷三坊记旧游，晚凉声唱卖花柔。"

三坊七巷人杰地灵，其源头活水在于连接江海。安泰河，系唐代罗城的护城河，东西走向。随着潮起潮落，东西两端皆可航行，往返闽江出入大海。东头经琼东河过晋安河至光明港进闽江，西头交汇文藻河通白马河入闽江，大潮吞吐，水路通达，舟楫东西往返，熙熙攘攘，名来利往。舟船在古仙桥、津门桥、安泰桥、澳门桥、古金斗桥、观音桥间穿梭，人在客栈、酒坊、茶肆笑谈，笑谈间契约立、商道通，财源滚滚，呈现"人烟绣错，舟楫云排""百货随潮船入市，万家沽酒户垂帘"的"小秦淮河"繁华景象。安泰河,就像一条长长的脐带,穿过闽江,连通大海,自然而然地获取江海双惠的先天优势,为三坊七巷供给不竭的营养源泉。大海澎湃,安泰河活水源源,三坊七巷血脉长长、人文荟萃,正如陈衍诗云:"谁知五柳孤松客,却住三坊七巷间。"

二 福地重人

"福郡地大而事繁，古常选用重人。"

晋太康三年（282年），晋武帝司马炎灭吴后在闽地设晋安郡。首任晋安郡守严高，以冶城险隘不足以聚众，欲拓城。因此咨询当时最著名的方术士郭璞，郭向南指一山阜，曰："是宜城，后五百年大盛。"高人指点，严太守信其真，更当真，从而决意在冶城之南筑子城，拓展生存发展空间，让人旺、城盛、江山固。他科学谋划，将筑城被掏深的城郊东北和西北洼地，因地制宜开凿东、西两湖，引东、北诸溪水注入，与闽江潮汐相通，灌溉农田数万亩，给福州带来丰富的鱼米之利。严太守推广中原文化和生产技术，在闽中建第一座佛寺——绍因寺，将佛教文化传播于民众，山海融合，向海而兴，开启新的文明。

郭璞的预言，主政福州的诸多圣贤用行动让其成为现实。

"开闽圣王"王审知，宁为开门节度使，不作闭门天子。起于江田，随王绪起义，驾驭龙驹白马，转战福建，纵横福州、泉州、漳州，扫清唐残兵祸，统一福建。坚持战与安、建与扩并重，大规模拓城、建桥，筑福州外罗城，城内重政治，城外作商业经济区。后再建夹城，扩浚福州西湖与之相通，遂使城内外"镜莹虹横，交舫走蹄，斯大城之制也"。又建有福清祭苗墩海堤、长乐海堤、连江东湖等，在连江开辟福州外港——甘棠港，让城向东、向南，通临大海，发挥海洋优势，发展海外贸易，积极"招来蛮商"，"尽去繁苛，纵其交易"，因而"利涉益远"，南洋、印度、阿拉伯等国常有使者和商旅往来，"闽陶器、铜铁泛于番国，取金币而返，民甚称便"，使福州成为东南地区对外贸易的重要港口。《三山志》云"伪闽时，蛮舶至福州城下"，海上交通便捷发达。王审知笃信佛教，兴建或修建大量佛寺，接受、传播外来文化，比如，在于山建"报恩定光多宝塔"即"白塔"，在鼓山填塘建寺，称国师馆，即现在的

"涌泉寺"。《三山志》载，有诗云："城里三山千簇寺，夜间七塔万只灯。"可见寺庙之多，传播外来文化之广。唐户部员外郎福唐（今福清）人翁承瓒受诏回故乡，册封王审知为琅琊王。后王审知采纳翁承瓒建议，"建学四门，以教闽士之秀者"。因此，当时州有州学，县有县学，乡僻村间设有私塾，"幼已佩于师训，长皆置于国庠"，使教育文化大大发展。老乡翁承瓒恋乡情浓，父母官王审知盛情接迎，有感而发临别作诗，题为《甲子岁衔命到家至榕城册封，次日闽王降旌旗于新丰市堤饯别》："登庸楼上方停乐，新市堤边又举杯。正是离情伤远别，忽闻台旨许重来。此时暂与交亲好，今日还将简册回。争得长房犹在世，缩教地近钓龙台。"福州榕城之名，从翁承瓒诗始。

《恩赐琅琊郡王德政碑》描述王审知治下的福建："草莱尽辟，鸡犬相闻，时和年丰，家给人足。"郭璞曾曰，"后五百年大盛"。这是历史发展的必然结果，还是闽王以实践著功不负苍生所望，抑或二者兼而有之，不得而知。预言与现实的统一，福州有福，名副其实。

刺史钱昱修筑外城时，在东门外挖一条"护城

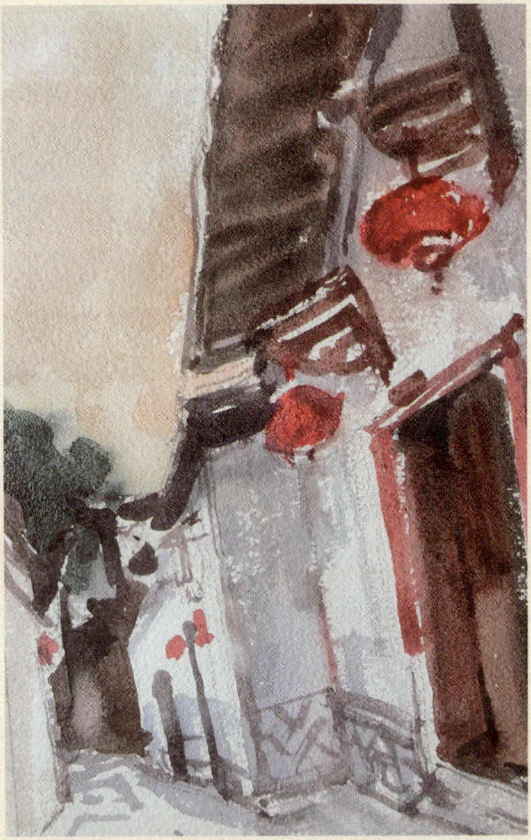

濠"即晋安河。宋福建转运使蔡襄拓宽拓长"护城濠",修建成贯穿城区与郊区南北的福州第一条"大运河",引西北诸溪汇入城东,修复古五塘(东湖一带),疏通溪水,经晋安河入闽江。因此灌溉城郊农田达三四千顷,促进增产增收。民感其德,在塘侧建蔡襄生祠。蔡襄疏浚西湖并疏导内河,使城内的各条干渠连成一体,与晋安河相通,构成了四通八达的水网。在福州历史上,蔡襄第一次将内河与闽江连接起来,涨潮,水溯河而上城内;退潮,水顺江而下,解决供水、防涝、污水处理等问题,促进水路交通和水产养殖发展,提升城市功能和文化品位。"琅琊拓国夹城开,遂使三湖半草莱。六十九渠忠惠力,辛勤曾复五塘来。"清诗人黄任歌颂蔡襄在福州开塘疏渠兴修水利,解决福州易涝易旱问题的功绩。蔡襄发动种松植榕,自福州至漳州,沿途百里绿荫遮盖。百姓得其利,感其德,以歌谣赞之:"夹道松,夹道松,问谁栽之?我蔡公。行人六月不知暑,千古万古摇清风。"《兴化府志》云"欧公长于文学,蔡公长于政事",赞欧阳修善文,蔡襄善理政。

蔡襄,明吏事,深懂思想价值和道德力量,两度知福州,主张"文章与礼法并重",办学兴善,广设校舍，聘请郡士周希孟等为教授，还常到学舍执经讲问，亲游常渡无涯学海。见百姓患病不就医而向巫觋求拜，多为蛊毒所害，撰《圣惠方后序》，刻于碑，劝病者就医治疗，并采取措施取缔巫觋；作《五戒文》，以革时弊。蔡襄艺精才广，书法与苏轼、黄庭坚、米芾并称"宋四家"；著《荔枝谱》，是世界上第一部有关荔枝的著作；撰《茶录》，是继陆羽《茶经》以后最有影响力的茶书，制作"小龙团"，达到"名宜新、品宜出"，北苑御茶因此发展，"宋茶必谈北苑，北苑必言君谟"。苏东坡赞曰："从来佳茗似佳人。"当时福建茶叶因此在北宋名列首位。蔡襄推广了茶产业，发展了茶贸易，传播了茶文化，茶从陆地走向了海洋。

"天风海涛"，这是朱熹在鼓山绝顶峰的题刻。李拔最为触动，在绝顶峰题了"欲从未由"四个大字，又作仰止亭，铭曰："我登鼓山，中心仰止。仰止何人？曰惟朱子。"他在山足刻"云程发轫"，在半山刻"毋息半途"，在山顶刻"登峰造极"，以自勉，以警世。人与山，相依相存，人尊山，人随山转，人逐山高，山举人，山有人而名。登山转山，当追前踪，思前贤，悟哲思，提境界，而非只是走走看看，成过眼云烟。李拔说"山以人胜，人以山传"，"登山而不思追踪乎前哲，亦与未登山等；追踪前哲而不得前哲所以独至之故，亦与未登山等"，他"平生最喜登临，遇高山辄动仰止之思，所在多展齿迹"。李拔知福州三载，足迹满闽山，且多有题刻。赞西湖题"海国蓬莱，天开图画"，在西湖开化寺后的孤山，题"湖山胜处"。常览民情风物，途经南台岛古渡口乘船渡乌龙江，题下"龙江飞渡""江风海潮"等。仁者乐山、智者乐水，智者、仁者走过山水，都不会白走，都会为其留下东西，当为山水添景增彩，因此，山水以人胜，人得山水。李拔登闽山，亲闽水，遍观远览，深谙治理之法。"予惟榕之为木，大而无用。然枝叶婆娑，犹荫十亩。"他以榕树为喻，兴学授业，前人多栽树，后人好乘凉。"福山福水抱城来，助我一段空明""称物情以平施，有己求人，无己非人，责人必先责己；顾民岩而思畏，天视民视，天听民听，欺民即是欺天"，人不负青山，青山一定不负人，人与青山相统一，相亲而不相欺。他认为"人之治天下者也，如治其家然""人生德业，以志为主"。他承家学，以经世致用为章法，主张"文章、经济，合而为一""治世何术？曰养，曰教。教养何道,曰农桑水利,曰诗书礼乐"。因此,他课徒授业,尤重教化,各邑兴学,设书院,还亲自到鳌峰书院讲学。兴修水利,疏浚航道,建设桥梁,以为民利。把握天时,尽地利,发觉福州土沃桑肥,天气宜蚕,推动种桑养蚕,著有《蚕桑说》,教授养殖技巧,助力丝绸之路。左宗棠督办闽务,延续旧制,创办桑棉局,设桑务学堂及育蚕传习所,养蚕业繁荣一时,蚕丝成为福州重要的出口商品。

在朝为忠,在家为孝,自古忠孝两难全。李拔自称"少时樵子,中参名士,晚师循吏"。做循吏良官,何其不易。千里为官,能不思亲?老之将至,梦祈归乡。他感叹"闽海由来云水乡,谁云吏隐好徜徉。思归不为鲈鱼脍,拍案瓶花堕印床",思乡归隐岂为鱼肉乎!更让李拔"恨难禁兮仰天悲"的是,最后让他去官归乡的竟是慈母去世,"几度思乡未得归,臣忠子孝两穷途",多少人生无奈。尤其令人感动的是,李拔离岗不离曾经走过的山水,依然牵挂福州百姓,感叹"设施未竟,遽遭母丧,内不能孝于亲,外不能益于民,日夜腐心,曷其有瘳"。高山巍峨,江海浩渺。民念李拔功德,做文章曰:"巍巍者山,遥瞻峨眉。汤汤者水,锦江之湄。惠心惠德,惟怀惟思。太守之去,何时复来。"立"李公去思碑"彰其德。山水不负天,天不弃山水。

　　福州郡守,多重人,学养高,思维阔,思接千载,一任接着一任干,为万民开太平。宋知福州张伯玉,令编户浚沟六尺,植榕绿化,留下"三年郡太守,十万绿榕树"的美名,福州从此"绿荫满城,暑不张盖"。继任程师孟赞张伯玉:"三楼相望枕城隅,临去犹栽木万株。试问国人来往处,不知曾忆使君无。"张伯玉多学而博识,能诗善饮,常饮百杯,赋诗百篇,人称"张百杯""张百篇",为后知福州的曾巩所叹服,福州人民亦不忘其功德,20世纪90年代在西河公园建张伯玉雕塑。以光禄卿出福州知府的程师孟,《宋史》记其功"筑子城,建学舍,治行最东南",在东南政绩最佳。建铜壶滴漏计时标准器具"铙神",自诗"台门新漏一声闻,从此朝昏百刻分。他日郡人思太守,也须谈及叶参军"。"铙神"被设置在皇家钟楼上,他不忘把荣誉分给工程技术总监叶左院参军。程师孟常游乌石山,视之为道家之蓬莱,建道山亭,曾巩曾作《道山亭记》以记其事迹。人称"英雄之才""刚大之气""眼光有棱,足以照映一世之豪;背胛有负,足以荷载四国之重"的辛弃疾，盛赞前任赵汝愚："诗人例入西湖社。记风流，重来手种，绿成阴也。陌上游人夸故国，十里水晶台榭。更复道、横空清夜。粉黛中洲歌妙曲，问当年，鱼鸟无存者。堂上燕，又长夏。"赵汝愚两次知福州，"重来手种"，两次疏浚西湖，两次广植绿树，旧貌换新颜。

英才惜英才，天地做平台，代代燕常来。

三 海国情怀

"程门立雪"之杨时,南归时,恩师程颢感其行叹曰:"吾道南矣!"杨时主张"致知必先格物,格物而得知至"。古时,福州府学风蔚然,善学崇文,为敬杨时,即在光禄坊建道南书院、道南祠,传其道,继绝学。南宋著名学者吕祖谦诗云:"路逢十客九青衿,半是同窗旧弟兄。最忆市桥灯火静,巷南巷北读书声。"书声琅琅,墨香幽幽,这是福州历史文化名城的图景,是福州文脉兴旺之气象。

福州郡守历来重视教育,中唐时期兴盛,宋达到第一顶峰,晚清又是一个高潮,成为"儒学最盛之地",被誉为"海滨邹鲁"。清朝,福州有四大书院,福建巡抚张伯行创办鳌峰书院;福建巡抚王凯泰办致用书院（堂），著名学生有京师大学堂监督张亨嘉等；闽浙总督左宗棠在黄巷设正谊堂书局，沈葆桢改名正谊书院，著名学生有陈宝琛、林纾、陈衍等；总督汪志伊办凤池书院。鳌峰书院最为出名，以弘扬程朱理学为经，以出当世名士为纬，历任山长（今之校长）有蔡璧、林枝春、朱仕琇、孟超然、郑光策、陈寿祺，皆为名家、学界精英。共出进士163人，举人700多人，造就了林则徐、赵轩波、蓝鼎元、梁章钜、杨庆琛、廖鸿荃等名流英杰。正谊书院、凤池书院合为全闽大学堂、福建高等学堂，叶在崎、陈宝琛、林炳章等任山长或监督，推广新式教育。

三坊七巷是古代福州文化教育的发祥地之一。宋初，福州出现"海滨四先生"陈襄、陈烈、郑穆、周希孟等大家，三坊七巷有其三。教育兴，人才兴。宋时，建有礼殿、拙斋书院、道南书院。明清，建有崇德堂、崇圣祠、正音书院、道山书院等，还有社学、私塾满坊巷。朝廷诏令停止乡试，新学更是兴起。同盟会会员林白水、黄展云等人在文儒坊兴办的蒙学堂，培养了林觉民等革命青年；陈梅犀等在衣锦坊创办观我学校，聚集革命党人，坚持革命精神，为辛亥福州光复作出贡献。林长民、刘崇佑等创办的福建法政专门学校及其附中,涌现出英烈方尔灏、蒲风、江平、柳可、真树华等。林觉民在吉庇巷开阅报所,在家中办女学,传播邹容的《革命军》以及《民报》《苏报》等书报,学习宣传革命思想。陈宝琛在光禄坊创办了福建第一所公立幼儿园,其夫人王眉寿创办了福建女子师范传习所,后与林伯棠倡办的女子职业学堂合并为福建女子师范。陈宝琛、孙葆瑨等办的教授英日双语的东文学堂,后经陈宝琛发展为全闽大学堂,很多学生赴日留学,刘崇杰、林志恒、方兆鳌等成为福州知名人士。还有文儒坊的福州女子学校、光禄坊的南城学校、吉庇巷的第一平民小学、文藻山的第二平民小学、宫巷的文儒幼稚园与宫巷小学等等。巷巷藏有私塾,坊坊兴办学堂,坊坊巷巷书声琅琅,古典籍,新知识,悬梁锥股苦修行,开眼看世界,崇尚经世致用,造就时代英才。

晚清,三坊七巷人才辈出,声名远扬,最杰出非林公则徐莫属。

林则徐之父林宾日,私塾先生,对则徐倾心施教,四岁将其携入私塾,抱在膝上,陪教听学,目染师言生读,让其沐浴在学识的海洋。后送其读福州四大书院之首——鳌峰书院。林则徐厉行读书、治学,

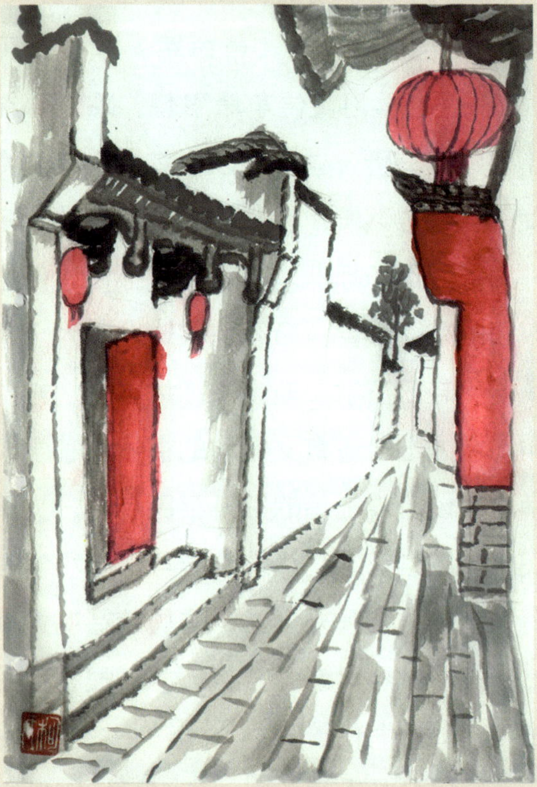

钻研传统知识，接触经史典籍，眼界大为开阔。跟高人，高起点，必有高见识。特别是林则徐专心向郑光策、陈寿祺等国学大家求教"经邦济世"之学，深受"诲人宗旨以立志为主"的思想熏陶，深悟"有志于用世者，其成大功、建大名，不独学问过人，其坚韧强毅之气，亦必十倍于庸众"的教诲，立下"经国救世"之志，所习必所用，所用当所习，以至明礼达用，躬行用世，事功实绩，重践履而略远图。福建巡抚张师诚从各地属员的贺禀中发现林则徐之才，是夜亲赴长谈面试，又令其阅浩繁重要卷宗，并立即写奏文，次日早上完成。巡抚五更检视，奏文已摆上案头。又故意改数字让林则徐重新眷缮，则徐午前从容交稿。张巡抚见林则徐才识过人，处事淡定自若，料日后必是国之栋梁。有了"千里马"之资，才有可能遇见伯乐，伯乐愿看到万马奔驰，从不愿错过一匹"千里马"。林则徐具才识之幸，巡抚有选贤任能之德，因此林则徐成为巡抚幕僚，跟随五年，专司笔札，亲得其传授公事知识、权术，获知历史掌故和有关兵、刑、礼、乐等方面知识，所学得其用，用而增所学，职场就是学堂，学业与事业同增长。

"知我期我深，自待敢不厚？""读书希致身，黾勉勤职守。"林则徐以"东壁图书府，西园翰墨林。诵诗闻国政，讲易见天心"为志，进士及第后，不沉溺官场交往，利用京师及翰林院中的藏书、档案，如蜂入花丛，如痴如醉，博览群书，更加努力研究经世之学，潜心搜罗前朝及当代各类书籍，"纵使三年生马角，也须千卷束牛腰"。仔细综核"六曹事例因革、用人行政之得失"，勤学研，酿好蜜，著有经济专书《北直水利书》，提倡新的农耕技术，推广新农具，且认为，"地力必资人力，土功皆属农功。水道多一份之疏通，即田畴多一份之利赖"。人在山水间，过眼中常常是，水到渠成，水涨船高，天道酬勤，地力不负人力，山秀人俊。

知重在行，行而立功，功著大地，大地生浩然正气，养德之厚。行而深思，每尽一事必心得，干一事又增一智，知促行，行增知，知行同功业，立德之深。

广州抗英禁烟，风雨压城，岁月多艰，林则徐仍不忘组织人才，搜集和翻译西方国家的书报，放眼知彼，又以彼知己，把外国人讲述中国的言论翻译成《华事夷言》；积极了解资本主义世界的政治、军事、法律、经济、文化、历史、地理等各方面情况，组织翻译英国人慕瑞的《世界地理大全》，编译《万国公法》，主持编撰《四洲志》，嘱托魏源编著《海国图志》。以全新的态度放眼看世界，识得世界气象，明了环球风云变幻，才有"师夷长技以制夷"之方略，对西方的文化、科技、贸易持开放的态度，主张学其优而用之，让古老的中国从封建的闭关自守的昏睡状态中苏醒，微微地抬起沉重的眼皮，看了看多彩的世界。洋务运动因此萌芽。但重臣士大夫似乎视线模糊，时不时搓揉着眼睛，又好像不相信自己的眼光。

林则徐信奉"不为自己求安乐，但愿众生得离苦"，渡人以修己，"苟利社稷，敢不竭股肱以为门墙辱？"何为情怀？把自己融入家、国、百姓、山河之中，忘我、无我，主体融于客体之中，主客一体，客之不存，主之安在，主存于客、立于客，无客即无己，客身即己身，主当敬客、畏客、爱客、暖客、好客，客好，自己才好。林则徐心怀天下，从不顾个人得失，哪怕千辛万苦，每过一山都要再登一峰，每跨一河都要再越一池，踏地有印，君子德风，传与后人。在官无日不治事，无日不亲笔墨，无处不功卓著，百姓称颂"林公来，我生矣"。哪怕赴戍途中，仍忧国忧民,不为个人坎坷而唏嘘,在古城西安与妻别,更铁定心志,"苟利国家生死以,岂因祸福避趋之",出仕心路历程,风雨不变,一生坚守。

情至、心至,所到之处,处处尽心,处处功业。林则徐为父丁忧,主持修浚福州西湖,明理乡人,"自古致治,以养民为本,而养民之道,必使兴利防患,水旱无虞,方能盖藏充裕,缓急有资""水治则田资其利,不治则田被其害,赋出于田,田资于水,故水利为农田之本,不可失修"。在西湖重建李纲祠,题联"进退一身关社稷,英灵千古镇湖山",文武进退全为社稷,不想成英雄,才是真英雄,令人敬仰。英雄惜英雄,英雄唱英雄,代代自有英雄出。英人入侵福州,强占乌石山的神光、积翠二寺,林则徐率众驱逐。巡海设防,他主张设重兵于闽安镇至五虎门一带,作《五虎门观海》,云:"天险设虎门,大炮森相向。海口虽通商,当关资上将。唇亡恐齿寒,闽安孰保障?"左宗棠在《〈林文忠公政书〉叙》中说:"苾公桑梓之邦,亲历各海口。见公所建炮台,形势扼要。证以是书所云,益叹公忠诚体国,独有千古。"

林则徐贬谪新疆,身疲病,心操劳,思日新,图治疆之策。遣戍伊犁，跋涉八千里，路崎岖，车颠簸，经恶风，过险山，乐记山水、乡野、民俗、民生，心怀国之安危和民之冷暖，日日思，天天悟，戍途四个多月，写成《荷戈纪程》，在丝绸之路上留下传奇故事。至疆，安疆。年迈，身病，仍足迹遍大疆南北，搜集大量风土人情、山川水利的史料，畅农事，创农具，兴水利，挖"坎儿井"，因此"林公井"美名留万代。官迹所至，政绩随影，如治水，水到渠成，人称"近代大禹"。

感林公则徐为民之德政，多说几句《坎儿井》：

贬谪路

千万里

踏沙走漠到伊犁

苟利国家生死以

竖挖井，横通渠

荒漠生绿意

串串葡萄甜蜜蜜

源头活水汇民意

新疆传颂"林公井"

骏马奔驰

志在千里

最是精彩

飞跃戈壁

观操守在利害时

荣辱不惊意

喜看绿洲起敬意

思接再造坎儿井

五谷百果香又甜

人生何止三百年

已是英雄的林则徐，为国谋，为新疆计，为千秋万代，跨千山万水，屈尊绕道湘江，专门会晤"身无半亩，心忧天下"的新人左宗棠。左宗棠仰慕林则徐已久，视为"天人"，无职无名能得见膜拜偶像，紧张莫名，以致登船失足落水。林则徐躬身扶之上船，笑之曰："此为君之见面礼乎？"左宗棠谦恭羞涩，随口答曰："他人敬公，五体投地；晚生敬公，五体投水。"心所至，口所至，口言心事，慌而不乱。两人相随入座，气场相合。浮舟之上，心灯亮了，忘年相交，高位平身相倾心，对饮千杯无醉意，笑谈万言尤酣，胸怀之大，时光嫌短，天下社稷，彻夜也说不完，"江中宴谈达曙，无所不及"，这即是史上有名的"湘江夜话"。至晓难舍，临别之际，林则徐认为左宗棠系"绝世奇才"，拍扶其肩膀，想此才确可担重任，曰："东南洋夷，能御之者或有人；西定新疆，非君莫属。""以吾数年心血，献给足下，或许将来治疆用得着。"左宗棠诚恐领受，一步三回头，依依惜别。分手时，林则徐赠一对联"此地有崇山峻岭茂林修竹，是能读三坟五典八索九丘"，左宗棠回赠一诗："文章西汉两司马，经济南阳一卧龙。"两位巨人匆匆一遇，因其情怀，铸就了许多历史定数。

非亲非故，非上下权属，非师生情谊，将心胸、视野、格局、韬略，以及涉疆史料和治疆锦囊全盘献出，这是心怀国之大，情怀对情怀的托付。初见，似神交已久，像是阔别多年好友相见，心相通、相许、相托，畅谈古今天下事，共同向未来，惟有心同在国家人民、江山社稷之频道，皆具旷世情怀和救世抱负。英雄托英雄，英雄不负英雄，执着建功业胜于功名，因而名臣再造名臣。20多年后，左宗棠督办新疆军务，力排众议，谋出万全，提出"东则海防，西则塞防，二者并重""缓进急战""先北后南"的方针，抬棺西征，不负所望，收复100多万平方公里土地，提议新疆建省，镇守了中华大版图。林则徐和左宗棠的英名，与江山同在，与中华大地一样不朽。

1866年，时任闽浙总督的左宗棠"深忧夷祸"，上疏奏请设局监造轮船，"整理水师"，制造新式战船，创建新式海军，创办求是堂艺局（亦称船政学堂）。破科举，建技术学校，纳贫寒之士，乃自强之道，应当急办。于是，统筹时局，远谋擘画，筹措经费，亲选马尾中岐作厂址，制定规划、与洋匠签订总包合同，坚持自主造船；亲定《求是堂艺局章程》，确立办学方针，选贤任人，致力于培养自己的造船、驾驶人才，特别是推荐了沈葆桢。

方略理念初定，诸事未落实，时逢西北回民事起，船政刚开启三个多月，左宗棠改任陕甘总督。船政事关国家富强，不能因个人去留而搁置。开诚以任贤，知人而善使。左宗棠十分了解沈葆桢，认为沈葆桢既有林则徐的精神风范，才学出众、虑事周全，又是福州本地缙绅领袖，"久负清望，为中外所仰"，向朝廷力荐沈葆桢任总理船政大臣，"非沈葆桢不能任其职"。左宗棠深知当朝官场纠葛无能，为船政事成，特奏请"凡事涉船政，由其专奏请旨，以防牵制"，为沈葆桢清道护航。

时逢沈葆桢丁忧在家，左宗棠亲临宫巷沈葆桢居所，请其出山接棒船政，沈葆桢直接予以拒绝，没有回旋之地。左宗棠并不灰心，再次登门恳劝，沈葆桢以重孝在身再次婉拒。沈葆桢并非不想为朝廷效力，而是看透官僚纷纷扰扰、明争暗斗，办正事、办成事比干歪门邪道更难；再说，孝为先，倒不如一心守孝，不问政事，图个清静。此前，就以父母年老多病需照料陪伴为由，多次奏请离职奉养双亲，不在乎个人仕途，长期在家赋闲，开"一笑来"裱糊卖字为生，修书独善其身。此次守母孝，百日假满，仍坚持在家，孝为大，自身前途其次。

英雄识英雄。左宗棠全明白沈葆桢心思，恪尽孝道，不恋权位，国之需，移孝作忠，是大孝，而尽忠也不忘尽孝，此纯孝之士的本性不可更改。必须顺其性，合其意。两请不成，左宗棠只好再次徒步宫巷，带着行装，登门沈家，用激将法，直击心灵。左宗棠表情严肃，表明此次登门，非来劝来请，而是来了断情缘。目光如炬，盯视沈葆桢，挑明心事。左宗棠说，自林公则徐专门托付治疆大事以来，寝食难安，君作为林公子孙，为孝亲，都不问国事，那大家还操什么心，现就将林公用心血换来的涉疆史料归还其子孙，让君守着林公好了，大家都不必图国之大事，都图个清闲，一起负林公所望，一起负心蒙羞，各走各的路，好自为之！林公所望，系林公之灵，社稷之大者！此当守当敬啊！沈葆桢情急面红耳赤，君为江山，不负林公，我辈子孙，哪敢负林公、负江山社稷。再说，"面辞者四，函辞者三，呈辞者再"，感动入心骨，哪敢负卿哟！刘备三顾茅庐，是为自己中兴刘氏汉室，然左宗棠数顾沈宅，不为己封侯晋爵，不为自己的势力地盘，是为中华日强，求贤若渴。

大道动人，大道聚人，为大道，人感人，情动情。左宗棠为江山数次登沈家门，沈葆桢为江山出山接棒。他们深情相拥，真诚相传，共绘船政蓝图。船政"创自左宗棠，成于沈葆桢"，集产、学、研、军事、国防等于一体，是中国第一个新式学堂，培育了运用西方原理解决中国实际问题的土壤，推动新式教育发展，造就船政精英享誉宇内，船政文化闻名于世，成为实现强国之梦的思想源和培育地。

张师诚夜访林则徐，林则徐湘江夜谈左宗棠，左宗棠数顾沈葆桢宅院，正是——

三 海国情怀

巡抚见字书
亲探则徐陋室
入幕身教带上仕途
林公告老还乡路
不嫌身无半亩
独与宗棠"湘江夜话"
安邦锦囊全献出
左公三顾沈家老屋
请葆桢执掌船政桨橹
家国之请哪敢辜负

非亲非属非师徒
甘把英才扶
掏心嘱咐
那是胸怀和气度
全为天下谋永福

这是情怀对情怀的托付
抱负拥抱抱负
不负英雄英雄出
这是历史定数

如此因果多反复

江山多娇

社稷有福

四　船政风云

"船政系臣专责，死生以之。"沈葆桢专责船政，生死度之于外，身家性命全付之于忠。

自古忠孝两难全，沈葆桢明忠孝大义，在朝为忠，在家尽孝，丁忧守孝不忘尽忠，担负总理船政大臣之责，可谓上不负天恩、下不失民望。守制满，完整服丧，沈葆桢往返于三坊七巷与马尾之间，实地勘探，集思谋划，协调各方，招兵买马，以船政事业侍养严亲，全心建功报国孝亲，以大忠尽孝不予夺情。

鸦片战争，历历在目，西方坚船利炮，撞开积贫积弱的清政府大门，以致山河破碎。"国家欲富强，不可置海洋于不顾；财富取之于海，危险也来自于海"。掌控制海权，必须强舟远航。家怨国仇，历史教科书更让人清醒。中国造船史最早，且拥有世界最先进的造船匠。明罗颀《物原·器原》记载："伏羲始乘桴，轩辕作舟楫。"秦汉可造千吨船，唐朝航运更是盛况空前。唐人崔融描述："天下诸津，舟航所聚，旁通巴、汉，前指闽、越，七泽十薮，三江五湖，控引河、洛，兼包淮、海。弘舸巨舰，千轴万艘，交贸往还，昧旦永日。"明代郑和七下西洋，其船队规模之大和船舶技术之先进，一两百年后哥伦布难以望其项背。历史再次证明，曾经先进，不代表一直先进。历史潮流滚滚向前，不进自然退。今朝技不如人，就得聚全力追赶。

　　求是堂艺局首次录取考试，沈葆桢亲自主持，以切身至孝来权衡，作题《大孝终身慕父母论》，考察学生今日大孝父母、明日必忠君报国之情怀。严复父亲初丧，触景生情，文章写得辞情悲切，悲家之所悲，痛亲之所痛，孝家国之所孝，明移孝作忠之理，立大孝忠诚之志。子欲养，亲不在，欲报国，当尽早。同病相怜，同志相拥，同道相向。沈葆桢阅卷赞叹不已，字字敲人心，满文响大义，感严复拥有大孝之心、忠诚之志，"置冠其曹"。求是堂艺局首次录用罗丰禄、林泰曾、刘步蟾、方伯谦、林永升、黄建勋、蒋超英、叶祖珪、邱宝仁、何心川等数十名12至15岁的学童。时学堂校舍未建，借福州于山定光寺为教室。晨钟暮鼓，塔影山光，晨夜伊呲之声与梵呗相答，古老佛音与科学之声相应，老寺唱童歌培新人，呈现新气象。船政从此奋发启航。

沈葆桢不干则已，干则惊天动地。船政迅速破土动工，船坞、机器厂、校舍一起上马建设。一穷二白、一张白纸，没有机器、没有设备，只凭原始工具和人力，全靠战天斗地之精神，去创造。"用中国的铁锤开始了工作，第一根铁钉就在这里打成。"沈葆桢常临现场指挥监工，三千劳工战天斗地，用血肉之躯垫基石、起墙梁。战严寒，天寒霜肃，众杵争鸣，邪许之声，闻于数里；斗炎夏，下蒸上曝，敲火生火，肤焦肉泡，苦累随夜幕而去，精神伴晨曦而起，密钉木桩，平洼垒基，建厂房，装设备，很短时间，规模宏大、设备齐全的近代化造船厂崛起于马江之畔。

沈葆桢管教学堂极其严格，管理严密，学风严谨，考试严格，常亲临学堂监考。三个月定期考，另有阶段性考试、不定期测试与毕业考试，实行严格淘汰，除章程规定"三次连考三等者斥退"外，平时

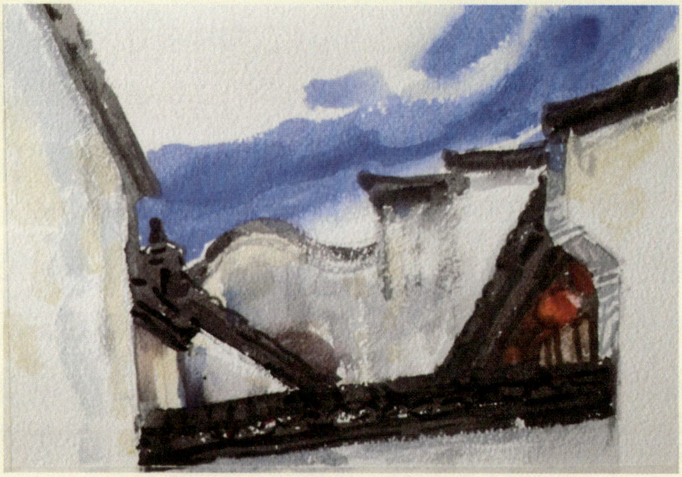

"不肯勤学或资质鲁钝,于学难期心得者,均随时剔退"。开办之初,陆续招生共计300余人,至1874年,择优留下193人,淘汰率相当之高,船政人才如此练就。

沈葆桢抗争朝廷保守势力对洋务的反对,排除以船政"糜费太重""殊为无益"等干扰,肯花本钱武装人才,不惜重金投资脑袋,高起点接轨,直通新跑道,缩短摸着石头过河的时间,尽早迎来高光时刻。沈葆桢注重从英法等西方国家引进高水平师资队伍,签订"包教包会"合同,提高投资效益。"包工头"日意格高度负责教学管理,引进教师尽职履约,认真教学,短短时间内,让一批不懂外语,从未接触造船、驾驶等现代技术的懵懂少年脱胎换骨,成为能够独立造船、搏击风浪的高材生。造船厂于1866年12月破土,第一艘轮船"万年清"号于1868年1月开工, 1869年10月下水,坚持"权自我操",我的地盘、我的船我做主,不让外国人参加试航,大获成功,"中外欢呼,诧为神助""中华多好手,制作驾驶,均可放手自为",赞美之声不绝。

学堂管束严,师者孜孜不倦,手把手教;学者悬梁锥股,一心一意仿造。学童们不仅掌握了近代舰船的制造技术，还与外来教师结下深厚友谊。师道严，高徒情更切、义更深。严复等第一届驾驶班学生，即将登上"建威"练船出海实习时，联名给他们的老师嘉乐尔写信说道："我们和你的心仿佛已经缀在一起。我们觉得，如果不表示这些心意的话，不能离开你……从今而后，我们要去对付飓风，控制狂浪，窥测日星行动，了解风暴规律，勘察海岛，调查岩石。我们从老师所学到的一切，将在日后的经验中被证实为真确。掌握了科学本领，化难为易，化险为夷，并推广以至于无穷。"

1873年严复等驾驶"建威"练船出洋试航，经香港、新加坡，至槟榔屿而归，这是中国近代水师第一次远航。接着，严复、萨镇冰、林履中等第一、二、三届船政毕业生，乘"扬武"号轻巡洋舰，游历新加坡、小吕宋等地，至日本。甲板站立着全是二十岁左右的帅兵哥，一身新装，整齐划一，满身精神，驾着纯色军舰，一靠岸亮相，英姿威武，玉树临风，令日本人颇感艳羡和骇异。

"船政根本在于学堂""创始之意不重在造，而重在学"。沈葆桢富有远见卓识，造船，建水师，御敌抗侮，加强海防，理之当为。夷能耐，他能耐，不如自己有能耐。师夷长技，培养自己的科技人才，掌握造船、驾驶技术，乃根本之策。于是，一方面，开拓性引进西方科学文化知识，无论是外文、算术、几何、制图等基础学科，还是轮机设计、航海天文学、地理堪舆、航海理论等专业理论，还是机器安装、仪表使用、舰上实操等实践课程，都统统"拿来"，在"厂校一体"运行中转化吸收。书房无涯，厂房是岸，学重在用，满腹经纶必需手脚付诸实施，典籍原理应当见之于生产实践，以增添新设备来拓展新试验，使传统教育方式与西方教育模式联姻相长，让学生学得好，干得了，造新船，能远航，乘风破浪试风涛。另一方面，放眼看世界，深知山外有山，天外有天，不孤傲自是，不闭门学术，不关门造船，派选天资颖异、学有根柢者出国留学，船政前后共派出留学生上百人，"深究其造船之方及其推陈出新之理""深究其驶船之方及其练兵致胜之理""欲日起而有功，在循序而渐进；将窥其精微之奥，宜置之庄岳之间"。

学童不负所望，学习十分刻苦，做功废寝忘食，直至嗜书如命，如严复"探本溯源"，周献琛"不惮劳苦"，郭瑞珪"始终勤学"，梁炳年病中"犹据床捧卷，不肯因病废学"。好禀赋，有思想，再穷根问底悟思想，像严复"信、达、雅"翻译西方著作，如核裂变，能量巨大，强烈冲击旧观念、旧思维，不断影响、改变中国文化科技各个方面。

虑周深，策精准，功自生。沈葆桢大手描画，管教手把手包教包会，学童积极向上。好天气，好土壤，好环境，好苗自然成材成林。福建船政，培养了严复、邓世昌、林泰曾、刘步蟾、林永升等一大批优秀人才，开启了中国教育近代化进程，我国最早专业人才队伍由此产生，造就出一批富有创新精神和开拓能力的新型人才，在政治、经济、军事、外交，乃至教育、翻译等文化领域取得巨人成就，对近代造船、铁路、矿业、冶炼、邮电等实业的振兴，对近代工业发展做出了突出贡献，成了近代海军的摇篮，在中国近代化转型中发挥了重要作用。

船政局甫一诞生，就位居远东第一大造船厂，中国造船工业和近代海军建设由此揭开了序幕。船政学堂制造业毕业生吴德章、罗臻禄、汪乔年等人，双手"拿来"，一心自主开发，"并无蓝本，独出心裁"，1876年自造成功"艺新"号兵轮，从无到有，从仿造向自造，技术有了新飞跃，沈葆桢称为"中华发创之始"。从1868年第一艘船开工到1907年停工，制造各类兵商舰船40艘，总吨位4.7万吨，占当时全国造船总吨位的82%，足见船政对中国近代造船工业的巨大贡献。沈葆桢克服管理轮船三大难："约束之难""操演之难""稽查联络之难"，提出"简派轮船统领"，推荐福建水师提督李成谋兼任统领，同一区域，同属一个专门组织，如同战区管辖，迈出近代化海军舰队建设第一步。从1866年创办，到日侵华马尾沦陷为止，船政学堂及马尾海军各校共培养海军军官和科技人员1100多人，海军专业士兵5000多人，特别是海军军官，大概占中国近代海军军官总数的五分之三，形成了所谓"闽系海军"独特而昌盛的风景，成了中国海军主体，主导中国海军发展历程，对海防建设做出重大贡献。孙中山称赞船政"足为海军根基"。

船政学堂，开创于福州，其教育经验、模式外溢到全国各地，培养出大批新式海军人才。严复任北洋水师学堂教习、会办、总办达二十余年，魏瀚、陈应濂任广东鱼雷学堂教习、帮办、总办，萨镇冰筹办烟台海军学堂，叶祖珪督办南洋水师学堂，黄以云任南洋海军鱼雷电学堂总办。威海、江阴、青岛等地相继兴办海军学校,在管理层和教师队伍中,船政毕业生占相当比例。李鸿章说:"闽堂为开山之祖。"

五　沧海一柱

"舰虽亡，旗还在。"这是福建水师士兵在中法马江海战中的呼喊。

当时法国频频制造事端，挑起战争，企图占领福州和基隆，据地为质，以攫取更大利益。

清王朝腐朽，一味消极求和，无意开战，谕旨"彼若不动，我也不发"，严令"不准先行开炮，违者虽胜亦斩，必让敌炮先开，我方还击"。加之，钦差兼船政大臣张佩纶、闽浙总督何璟等无担当之辈，竟然允许法舰驶入闽江，长期窥探，却不深摸实情，不明敌方企图，不向朝廷禀报有效应对之策，不做任何应战准备。有管驾建议摆出阵势，却被严厉斥责。尚未开战，官兵手脚已被束缚。法方照会宣战，张佩纶、何璟竟隐瞒不告知各舰船和江岸炮台。法舰先发威，张佩纶、何璟等肉食者，求上无解，心中无策，临阵逃跑。不担当加缺韬略，心不在位又身离阵，选此类当将领，未战，气势已败，战则自然是败。人活一股气，军魂在气势，战则乘胜一鼓作气。没了气势，没有统领，没有统一指挥，群龙无首的福建水师各船舰集中摆放于法舰上游，成了敌舰最佳的靶子。

1884年8月23日下午一时多，江海退潮，法舰以舰首对着水师舰尾最薄弱处，法舰突袭，满天飞弹，水师各舰即刻成了火场。毫无防备的水师无首脑，官兵呼天天不应、叫地地不灵，被迫无序应战，来不及就位起碇、发动、开炮，舰即被打残、打掉了气势，遭受灭顶打击，沉的沉，伤的伤，折桅失舵，败象渐生。法舰早有预谋，准备充分，目标明确，就是要打掉水师和船厂，除掉对法国利益的重大威胁。法舰通盘打算，一令到底，可怜水师船舰成孤勇，各自抗击。水师旗舰"扬武"号遭法舰围攻，受重创，一面砍断锚链，一面发尾炮还击，首发即命中"窝尔达"号舰桥，击毙法军数人，法国远东舰队司令孤拔险些丧命。受伤的"福星"舰，立即断锚，转向，瞄准"窝尔达"号猛烈射击，连续命中。管驾陈英不顾弹火雨集，血肉横飞，犹屹立指挥，传令击敌，指挥全部火力猛击法舰。他看全舰人员伤亡过半，更心涌热血，登高疾呼："大丈夫食君之禄，当以死报！今日之事，有进无退！""福星"舰"死伤枕藉，仍力战不退"，陈英不幸中弹牺牲，江浪呜咽，江岸肃立，青松低垂。蚊船"福胜"号、"建胜"号，不畏马力小，躲闪穿越，破浪应战。"建胜"号管驾林森阵亡，游击吕翰继续指挥作战，为救友船，驾船直冲敌舰，面部中弹，流血被面，裹首以帛，督战如故，英勇献身。"福胜"号中弹起火，仍坚持不退出战场，管带叶琛屹立船台，督勇装炮，后中弹牺牲。"云飞"号管驾高腾云，一腿被炸断，仍忍痛督战，后被飞炮掀入江中，以身殉国。英雄洒热血，江滔咽悲歌。

水师遭突袭，"振威"舰管驾许寿山反应最快，最先开炮，当即令砍断锚索，全力应战，顽强反击，炮对轰，枪全开，让日光失色，涛浪失声，战斗异常惨烈。遭法舰围攻，许寿山带伤指挥，下令全速冲向敌舰，欲与敌同归于尽。途中被击中锅炉，船身爆炸，船体摇晃下沉，许寿山仍如雕塑挺立于炮位，顽强奋战，使尽最后一点力气，射完最后一发炮弹，流

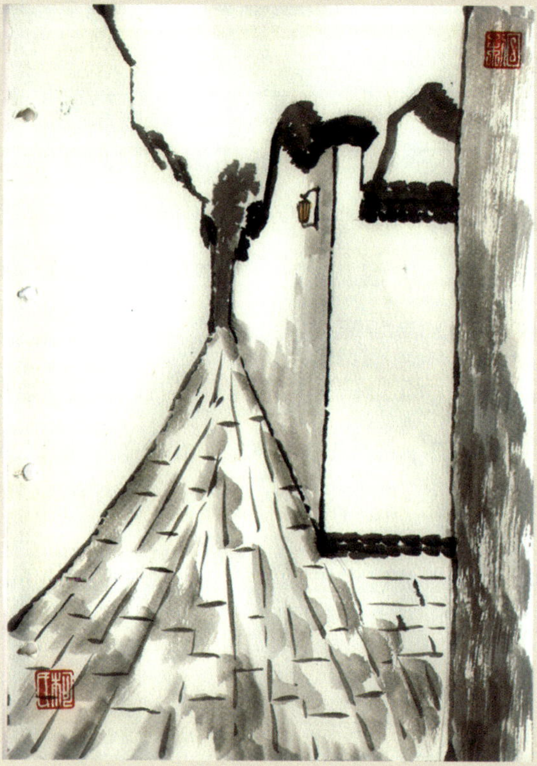

干最后一滴血，以命护国。一位外国目击者描述："这位管驾具有独特的英雄气概，其高贵的抗战自在人们的意料中。他留着一尊实弹的炮，等待最后一着。当他那被打得百孔千疮的船身最后颠斜下沉时，他拉开引绳，从不幸的'振威'舰发出嘶嘶而鸣、仇深如海的炮弹……重创了敌舰长和两名士兵。"由衷惊叹："这一事件，在世界最古老的海军纪录上均无先例。"英雄气冲霄汉，为国而战、而死，名留青史。国弱，让英雄流泪、流血，国之悲歌。

随后，法舰随潮上驶到马尾造船厂附近，用重炮、榴弹，摧毁了力之所及之处，无所不用其极，炸厂房，毁船坞，炮舰船，攻炮台，劫走岸上大炮。

尽管水师各舰孤军奋战，舰不沉，战不止，与船舰共存亡，但还是以失败告终。自古战法，先发制人为首选，清廷却"无旨不得开炮"，临战决策，仍犹豫不决，希图缓和局势。法舰已入侵马江，闽浙总督何璟等主政者，昏庸透顶，毫无定见，仅下令各舰，战期未至，不准发给子弹，不能自行起锚，以友好款待法舰，"以故各管驾不敢妄动"。帅无方略，将无能耐，兵再强，又有何用？马江波涛，漫着水师官兵的鲜血，卷着残轮破舰，呜呜咽咽、无可奈何流向大海，又能向谁诉说。

天塌了，船政官兵竭尽全力也撑不起，只好血泪往肚里流，不给五湖四海添酸楚。

沈葆桢费尽心血打造的、中国最早的近代化船政水师和马尾船厂，分分钟被打残、打废，虽未全军覆没，但损失了在母港所有兵轮和大部分官兵。1909年，福建水师与广东水师、北洋水师、湖北水师、南洋水师合并，整编成巡洋舰队和长江舰队，福建水师从此没了整编。

"苟丧舰，必自裁。"这是刘步蟾的决绝。

"人谁不死，但愿死得其所尔。"这是邓世昌的志气骨气。

日本明治维新，国力渐强，野心膨胀，企图对外侵略扩张，确定以侵略中国为中心的"大陆政策"，拟分步占领台湾，吞并朝鲜，进军满蒙，灭亡中国，征服亚洲，称霸世界。约在同时期，中国推进的洋务运动，给清帝国以回光返照。然，垂帘听政，思想尘封，政者不正，政治腐败，官场尔虞我诈，军事外强中干，民生困苦，国之根基已动摇。日派大批间谍，窥探搜集中国国情，寻机挑衅滋事。加之西方列强各有所图，默许或纵容日本图谋。日有恃无恐，武力保卫所谓的"利益线"，不惜以"国运相赌"，以战争来赶超中国。于是，废华约，逐华兵，据朝鲜，侵台湾，对华不宣而战。

1873年，日本以台湾居民误杀琉球渔民为由，出兵侵台。刘步蟾奉命赴台勘测港口及航道，事毕，即升任"建威"舰管带，时年仅22岁。刘步蟾"幼颖异，少沉毅，力学深思。及长，豪爽有不可一世之概"。年仅14岁，以优异成绩考入船政后学堂，从来学业刻苦，"学习驾驶、枪炮诸术，勤勉精进，试迭冠曹偶"，获英国优等文凭回国，决意投身于蔚蓝色海洋。李鸿章见其颖达英俊而学有所得，可充当大用，让其在北洋舰队尽功。刘步蟾对海军现状堪忧，与同学林泰曾将留学心得写成《西洋兵船炮台操法大略》的条陈，上呈李鸿章，提出"非拥有铁甲等船自成数军决胜海上，不足臻以战守为妙"，建议实行积极的海上防御战略。忠义与道谋和合，有望事成。于是，朝廷增加了外购舰船的分量。刘步蟾赴德国监造"定远"号、"镇远"号、"济远"号等铁甲舰船，1885年将"定远"号等战列舰接驶回天津大沽，即被任"定远"舰管带，获皇帝奖赏。北洋舰队似乎是亚洲一支强大的海军力量，清廷为之沉醉，便停止增购军舰扩建海军的步伐。日本邀请北洋舰队访问，探以虚实，清廷很是得意，在敌手面前亮家底，以展现国威为荣耀。刘步蟾对此深为担忧，认为日本觊觎中国，"增修武备，必为我患"，为此，他壮胆面谒李鸿章，进言按年添购铁甲战舰以扩建海军，李未置可否，刘步蟾进而慷慨直言："相公居其位，安得为是言！且平时不备，一旦偾事，咎将谁属？"引四座悚然不已。一片赤诚之心总会被感动，但感动归感动，朝廷昏庸腐败，又有谁能推得动。语惊庙堂，心潮泛浪花，而朝野依然寂静。

　　日本想在朝鲜问题上制造麻烦，蓄意挑起战争，欲动摇中国宗主国地位。1882年，邓世昌等奉命驾舰援朝，鼓轮疾驶，较日本兵船先到，办理竣事，挫败日本侵朝计划。但日本侵朝之心不死。清政府应朝鲜请求，派兵赴朝镇压东学党起义，日本也借机派兵入朝。1894年7月25日，北洋舰队"济远"舰、"广乙"舰护送清军在朝鲜牙山登陆后返航，在丰岛海面，遭遇日本联合舰队"吉野"等舰，"吉野"舰首先开炮，不宣而战。"广乙"舰受重伤，退出战斗，又搁浅，纵火自焚。日舰围攻"济远"舰，"济远"舰被迫撤退，运兵商轮"高升"号无舰护航，残忍的日舰击沉"高升"号，造成700多人殉难。8月1日，中日双方宣战。

日本的侵略行径，刘步蟾早有警觉。1891年北洋舰队访日，日方邀请丁汝昌、刘步蟾等高级将领上岸赴宴，唯独刘步蟾婉言谢绝，对丁说"深恐假宴会，乘我不备，偷袭我舰，我必留舰预防不测"。

1894年9月17日中午，黄海大东沟，风息了，浪没了，死一般的沉寂，令人毛骨悚然，唯有舰队烟囱黑烟升腾、扩散，乌黑之气蒙蔽了天空。北洋舰队护送援军到鸭绿江口登陆，刚刚完成任务，起锚返航，途经黄海北部大东沟海域时，与日本联合舰队遭遇。日舰队主力倾巢出动，意欲聚歼北洋舰队于黄海，夺取制海权。北洋旗舰"定远"号管带刘步蟾马上布阵迎敌，"定远"舰居中央，其余左右展开，类似于"燕翦阵"呈楔形梯队，舰首向敌，协同前进。约相距5000米，刘步蟾下令发炮。"定远"舰巨型主炮发出怒火，炮弹掠空而过。迎头相向逼近，4000米、3000米、2000米，越近，火力越烈，炮火越空如穿梭。900米、600米、300米，舰迂回穿梭，船逼浪起，烟火蔽日，赤膊相搏，呼喊声惊鸟驱鱼，正是"地炉煮海海波涌，海鸟绝飞伏蛟恐"。天之不测，交战初时，旗舰"定远"号主桅中弹，帅旗折落，飞桥震塌，提督丁汝昌坠落受伤，信号索具被摧毁，如被斩首。邓世昌在自己的"致远"舰升旗，吸引敌舰。邓世昌奋勇作战，前后炮齐开火，连连击中日舰。遭日舰围攻，多处受伤，全舰燃起大火，船身倾斜，邓世昌鼓励官兵："吾辈从军卫国，早置生死于度外，如今之事，有死而已！""倭舰专恃'吉野'，苟沉此舰，足以夺其气而成事。"弹射尽，依然驾舰全速撞向"吉野"舰，决意与敌同归于尽。日舰集中火炮向"致远"舰射击，被敌射中鱼雷发射管，引发爆炸，舰沉没，邓世昌坠落海中。随从以救生圈相救，被拒绝，誓与舰共存亡："我立志杀敌报国，今死于海，义也，何求生为！"邓世昌看到部属无一生还，自以阖船俱没，义不独生。所养爱犬"太阳"叼衔其肩章救之，邓世昌狠一狠心，奋掷自沉，与爱犬同沉没于碧波之中。忠勇性成，殊功奇烈。光绪帝挥泪御批："此日漫挥天下泪，有公足壮海军威。""壮节公"邓世昌，威海卫百姓感其忠烈，为其塑像建祠。

提督受伤，刘步蟾临危不惧，尤为出力，代为督战,指挥进退。指挥"定远"舰冲最前,将日联合舰队拦腰截断,予以猛烈炮火。舰伤,不退出火线,不减斗志,炮轰更猛。"众士兵均狞厉振奋,毫无恐惧之态。"兵残,仍裹创战斗如常,视死如归。日"比睿"舰企图从"定远""靖远"舰间穿过,立即陷入北洋舰队炮火夹击之中。"定远"舰主炮击中其右舷,造成后墙爆炸。主炮频发,再击中日舰"赤诚"号,炮劈日舰长头部,鲜血脑浆四溅。

日数舰紧紧咬住、团团包围攻击"定远""靖远"舰,刘步蟾沉着应战,誓死抵御,不稍退避,指挥舰队协同作战,果敢对敌,行船时刻变化,敌炮不能取准。

"镇远"舰管带林泰曾与副管带杨用霖一起,沉着应战,配合"定远"舰救险,挡在其前,掩护其厮杀攻击,顶住日舰围攻。"定远"舰得机开炮,分分秒秒,主炮连发,命中日本旗舰"松岛"号右舷下甲板,引起爆炸。霎时如百电千雷崩裂,烈火万道,焰焰烛天;白烟茫茫,笼蔽沧海,发出凄惨绝寰之巨响。船剧烈震荡,死尸纷纷,或飞坠海底,或散乱甲板,骨碎血溢,惨殆不可言状。"松岛"舰遭此一击,死伤百余人,舰体损伤严重,舵机失灵,丧失了作战能力。

　　"靖远"舰紧依"定远"舰，十分英勇。帮带刘冠雄判断，"定远"舰受伤无法指挥，舰队群龙无首，如此情况紧急，遂向管带叶祖珪建议，由"靖远"舰代为指挥，集合各舰，组织进攻，以免各自为战，被各个击破。叶祖珪果断采纳，毅然决定在"靖远"舰升令旗，敢当指挥之重责，代旗舰集合，诸舰随之，重新摆阵迎敌。"靖远"舰被联合舰队"吉野"等舰围攻，中弹一百余发，官兵伤亡数十人，水线为弹所伤，进水甚多，叶祖珪一面指挥战斗，一面命令水手堵漏，船舱进水，仍然坚持战斗，并重创日"比睿"舰，迫使其退出战斗。

　　日垂西山，暮色已近。此战从中午打到天黑，日联合舰队受创十分严重，"松岛"舰几乎丧失战斗力，"吉野"舰甲板舱面设备被炮火扫地殆尽，仅存一具躯壳，其余各舰只也受创颇重，又恐遭北洋舰队偷袭，主动收队，全速撤离战场。北洋舰队尾追数里，无法追及。

　　北洋舰队数舰沉海，损舰折将，带着创伤，退驶旅顺口、威海卫。刘步蟾组织舰船整修，仅一个月完成待战。

此役之后，黄海制海权落入日手，对后期产生决定性影响。

清廷腐败无能，慈禧等主和派居多，主张和议，被日本拒绝，始得知日本企图，方如梦初醒，做迎战准备，但也只是"保船制敌为要"，固守炮台，呆守港内，消极防御，如缩头乌龟状。1894年11月，日军组建"山东作战军"，海陆军配合推进，联合舰队向陆军提供运输和掩护，攻陷旅顺口，制造旅顺口大屠杀惨案，屠杀中国居民达2万余人。

接着，日军组织先攻威海南岸炮台，再攻威海及北岸炮台，威海之防尽堕。威海卫城被占领，刘公岛成孤岛，日海军在刘公岛外的舰队布阵，完全控制威海湾内残存北洋舰队出路，北洋舰队被封锁在港内，只能固守刘公岛上及傍岛的威海湾内。日军发起总攻，利用占领的威海卫陆上炮台，从岸上炮击北洋舰队，形成"炮资敌，我杀我"的惨痛局面。联合舰队鱼雷、炮火交集逼近，实现海岸、海上内外夹击，北洋舰队陷入困境，形势险恶。刘步蟾辅助提督，积极组织、顽强抵抗。日舰队趁天黑，以鱼雷艇舰偷袭。刘步蟾正在商议作战事宜，"定远"舰被击中，舰受重伤。刘步蟾一面组织堵漏，一面果断下令断锚，驶向刘公岛附近浅水区，当"水炮台"使用，英勇作战，不稍退避，炮火穿梭，炮声震天，硝烟蔽日，海浪呜咽，战斗甚为惨烈，打退敌军数次进攻。被困在刘公岛的北洋舰队弹尽粮绝，外援无望，危在旦夕。"定远"舰坐滩岸边，伤痕累累，不堪久战，刘步蟾坚守督战。

旗舰受创，"靖远"号作为临时旗舰，叶祖珪下令猛轰来犯日军，诸炮舰积极响应，与敌拼杀，击毙日军左翼队司令官大寺安纯。日舰轮番攻击，"靖远"舰拼搏于前，中弹甚多，伤亡甚重。随之，日集中舰艇，全部驶近威海卫南门海面列队，以炮舰在前开炮，尽势冲阵。"靖远"舰冲锋最前，被炮击中要害，中弹者血肉横飞，叶祖珪"仅以免身"，被水兵救上小船。"靖远"舰搁浅，未免资敌，叶祖珪下令自行炸沉。叶祖珪一生难忘"靖远"舰，无论身居何职、身在何处，始终携带着"靖远"舰专用的、铸有英文"大清帝国海军……靖远"的茶匙，并常对身边人说："看到这茶匙，好像靖远还在我身边。"同生死，共奋斗，相伴一时，情系一生，值得颂扬。

形势急迫，北洋舰队内部有人诱降丁汝昌、刘步蟾，他们予以严词拒绝，誓与敌军血战到底。北洋舰队大势已失，无力还击，为免舰船落入敌手以资敌，下令炸毁舰船。军心已散，舰将领害怕以徒手降敌取怒倭人，竟拒绝执行。唯有刘步蟾，炸沉自己在德国监造的"定远"舰。就像自己养育的孩子，自己毁掉，心如刀绞，悲痛至极。当天深夜，极度绝望，悲愤难禁，刘步蟾追随爱舰去了，服毒自杀，以年轻的生命，践行"舰亡与亡，志节凛然，无愧舍生取义"，实现了生前"苟丧舰，必自裁"的誓言。

北洋舰队陷入绝境，又无兵来援。

丁汝昌含恨服鸦片自杀。

邓世昌无力回天，自沉于大海。

林泰曾，"能忍人之所不能忍"，却因战局方棘时触礁损舰，愤恨自责蹈海而亡。

杨用霖，口吟"人生自古谁无死，留取丹心照汗青"绝命诗，拒当俘虏，壮烈以枪自决，打破一片乞降逃生的凄凉气氛。

有血性的走的走，伤的伤，北洋水师全军覆没。

海战大失败，制海权丧失，国家万劫不复。

何有如此之命运？

北洋水师主要将领、福建船政毕业生邓世昌、刘步蟾、林泰曾等,留学英、法,学习西方先进理念和技术,业务精进,忠心报国。如邓世昌接"定远"等舰,劳累过度,扶病监视行船,沿途不间断各种操练,终日变阵必数次,科目如实战,"时或操火险,时或操水险,时或作备攻状,时或作攻敌计,皆悬旗传令"。刘步蟾"自幼束发习海军,数十年衽席风涛,远涉重洋,不辞艰险,而胆识才干,亦屡经磨练而长进",参加中国第一部正规海军法典《北洋水师章程》起草工作,海军规则多出其手,"治军严谨,凛然不可犯"。林泰曾"学习历考优等",洋监督称赞其"知水师兵船紧要关键,足以与西洋水师驾官相等",李鸿章夸他"资深学优"。杨用霖用心专一,手不释卷,"日夕劬勤,寒暑不辍,而颖悟锐进,于航海诸艺日益精熟","在营治军,严明有威","沈毅勇敢",常对部下说:"战不必捷,然此海即余死所。"可谓英雄豪迈,壮士矢志!

然而,生不逢时,个人满腔热血,战则以义战,死则为义死,即便是英雄,也多悲歌。他们始终是坚强的民族主义者,既然战不能胜,山河不能保,未能保卫本民族免受入侵与蹂躏,为了民族大义、民族尊严,明知道生命无价,而为了获得比生命更宝贵的东西——国之大者，无可奈何找不到其他更好方式的时候，就只好舍生取义，以献出生命来表达情操，以悲剧性方式自决明志，以死来彰显志气骨气硬气。这是大丈夫之志不可辱的最好诠释。个人死无憾，而人生有憾，民族有憾，国之大憾。

没有英雄的民族，是可悲的民族。让英雄折戟悲鸣，国之不幸。

北洋舰队福州籍官兵甚多。自大东沟海战以来，许多福州人战死，福州街头白幔悲风，哀声恫地。军人家属，寝食难安，朝思暮想，盼得到消息，又怕是坏消息，闻敲门声，都惊恐万状。来了坏消息，举家悲痛。等不到消息，愁断肝肠，求天拜地，盼亲人早日平安归来。萨镇冰的妻子陈氏，不知丈夫是死是活，便千山万水艰难辗转跋涉来到"日岛"战地，只求能见一面。久别，多想相拥，但战位必须坚守。就这样，炮火无情，阻断望穿天涯之思，只好无奈相互招招手。冰心母亲，日夜等待丈夫谢葆璋音讯，等啊等啊，盼啊盼啊，皇天不负，终于等到了谢葆璋进门，尽管骨瘦如柴，不成人样，但活着回来就好，全家欣喜若狂。原来，威海保卫战，"来远"舰被击沉，舰二副谢葆璋奋力自救，游上岸。北洋舰队全军覆没，谢葆璋只身奔波，千辛万苦回到了福州。

国将不国，人将不人。倾巢无完卵，有国才有家。没有正确的领导集团，苦了千万家。

清廷政治腐朽，领导集团没有战略远见，没有坚强的抵抗意志和决心，一味乞和。穷奢极侈，慈禧为了生日闹腾，可以挪用千万两军费，顾口舌之欲，哪能深谋江山社稷。首脑停摆，无远虑、必有近忧，手脚必先遭罪，如水师。

晚清官僚腐败，国难当头，党派恶斗，一盘散沙，主战派、主和派算尽权谋，什么奇葩借口都可以有，极尽掣肘之能事，哪怕亲者痛、仇者快也在所不惜。比如，李鸿章有银数百万两，寄存日本，其子在日本开洋行。开战后，决定继续供应日本煤炭，为进攻中国的日舰源源不断输入燃料，这如同支援敌方后勤保障，给予强身健体，而弱化国家民族力量，此卑劣行径使得敌强而我弱。军火采购偷盗抵换，枪炮以次充好，甚至以沙充当火药。陆军不派兵，勉强出兵也不出力，见死不救，眼睁睁看着刘公岛成为孤岛，让日寇海陆围攻。如此官僚，如此身段，还会有健全的手脚？拿什么与人家抗衡？

北洋水师是军队，而最高领导提督不懂军事，战前无战略谋划，战中无战术部署，内线作战，不懂得发挥优势，切断日军跨海作战的补给线，而是守株待兔被动应战，固守挨打，造成打打不过、走走不掉的惨局。又加之纪律松懈，骄奢淫逸，是战、是和步调不一，有人临阵脱逃，有人主动投降，军心已散，没有了灵魂，也就没有战斗力，即便有人勇于献身、单打独斗，也不能与一军、一国相抵抗，未战输赢已定，战则必败无疑。

甲午战败了，洋务运动失败了，中国近代化成果化为乌有，民族危机空前严重，大大加深了半殖民地化程度，打破了民族复兴的梦想和追求。

国弱则受欺凌，这是铁律。输人不输阵，物质、国力不如人，但不能输气势、输精神。挺起民族脊梁，唯有靠志气骨气硬气。

1937年，日本发动全面侵华战争，大肆进攻的隆隆炮声震惊全中国，炮火滚滚，黑烟欲压垮长江之滨的江阴古城。江阴保卫战因此揭开序幕。

"我们弱小的海军凭着什么能使敌机无法完成他们的任务呢？——那就是我们的民族精神！海军今日为民族牺牲了，在未来，他将为民族而建立起来！"

民国海军部部长陈绍宽在江阴保卫战后发出这样的感慨。

进驻长江的中国海军，无论在舰艇数量、吨位大小、装备优劣、火力强弱、射程远近、速度快慢、舰龄长短等哪方面比较，实力远远逊色于日寇，可以说不在一个档次。

那么，凭什么，在没有制海权、制空权的情况下，能死守江阴封锁线三个月，阻遏日寇沿江西行进的企图，粉碎三个月灭亡中国的黄粱美梦？凭的是中国人的志气、骨气、硬气，凭着五四运动激发起来的爱国主义精神，凭着中国海军的民族大义。海军将士以几乎全军覆没的惨烈牺牲，拼死掩护了上海前线70多万陆军主力，为迁都以及机关、重要工厂安全向四川转移赢得时机，为以时间换取空间之持久战最后的胜利，作出卓越贡献。

江阴要塞是长江的咽喉，扼苏州、常熟、福山之要冲，地位非常重要。日寇欲溯江而上，必须突破淞沪防线，击毁吴福防线，打通江阴门户。日军第二联合航空队已决心扫平江阴要塞和中国海军舰队，空战轰顶，海战拱突，全方位歼灭。

敌要亡我，我将何为？第一舰队司令陈季良审时度势，提议立刻实施沉船封江行动，制敌先机、封断航线、截断归路，防止大批日舰溯江北上。

提议获批准，提议者必先行，似乎是铁律。

陈季良率领舰队，灭灯疾行了十个小时，从湖口赶到江阴，高亢斗志，誓与日寇决死战。

1937年8月12日上午8时，"平海"舰率领升旗典礼，各舰官兵在舰舷"站坡"，向军旗行礼致敬。军乐雄壮，士气高昂，司令旗冉冉升起，升到主桅顶端，陈绍宽发出沉船命令。一声炮响，所有舰船打开底门放水，江水似巨蟒，呼呼哗哗，折腾翻滚，船舰颤摇、挣扎着，舰体十万个不情愿地吃水、胀肚、下沉，忍受着可以浮出、但又无法浮在水面的痛苦，可以敞开胸襟向蓝天白云扬帆诉说、但又无处可诉的纠结，不得不让江水没顶，沉入江底，陷入与黑暗为伴的悲凉。顿时军旗低垂，汽笛哀鸣，岸边船民哭声连片。战士们黯然无语，目送着与自己朝夕相伴的舰船缓缓沉入江底，欲哭无泪。

就这样，十多艘军舰、几十艘商轮、一百八十多艘民船，一起沉江，筑起了第一道江阴阻塞线，不久后，调集海军序列中吨位最大的"海圻"号等四艘老舰，在第一道阻塞线后沉江，组成辅助阻塞线。这是中国海军史上规模最大的自沉。自沉为了自救，短痛为了长安，为了中华巨轮永不沉没。

阻塞线刚好在"八一三"沪战开始当天凌晨完成，使日寇有所忌惮，在一定程度上打消了日寇长驱直入进犯南京的妄念。

陈季良临危受命，任江阴封锁区总指挥，为坚决守住江阴门户，慷慨激昂作战前动员，号召官兵以身许国："军人当忠于职守，勇于从战，以身报国。在陆地战场，人人要有马革裹尸的决心；在海上战场，人人要有鱼腹葬身的壮志，不管战场环境如何险恶，人人都要杀敌致果，坚持用最后一发炮弹或一颗鱼雷，换取敌人的相当代价。"言之切切，行之实实。

这是甲午海战后，中国海军第一次对外战争动员。将士激动不已，家仇国恨热血齐上心头，咬紧牙关，紧握拳头，暗下决心，不灭敌寇不回头。

旗舰"平海"号会议室，军官聚集。滴滴滴——滴滴滴——各地战报不断。每一份电报，都牵着肠，挂着肚。军官时而紧锁眉头，时而忧心忡忡，时而激奋呼喊。综合战况，为牵制日军，陈季良决定组织快艇，出其不意，攻击日舰"出云"号，日舰受创。这是甲午战争以来，日联合舰队首次遭受中国海军的攻击。此后，日寇也在玩躲猫猫。日寇派出敌机，或三两架，或十来架，或侦察，或投石问路，甚至派出当时独霸全球的航空兵"九五式"水上侦察机。中国军舰和要塞早有防备，对空火力齐发，织成密集火网，使敌机不敢低飞，迫其逃遁。陈季良指挥战舰反应迅速，敌机一来犯，即刻还以高空炮火，首轮还击就击落一架，又击伤一架，敌机拖着浓烟，慌忙逃窜。这是第一个对空战果，官兵鼓舞振奋。

日寇清楚，不突破江阴防线，就不能进入长江腹地。此后，日寇通过谍报，全面摸清江阴布防情况，多采用突袭，以袭扰为手段，给我官兵以精神压力，使我方长期处于紧张状态。日寇借海空优势，力图围歼江阴水面海军，企图一鼓荡平，从历史上抹掉中国海军。因此疯狂叫嚣，不惜一切代价摧毁防线，突破封锁区，首先主攻主力"平海""宁海"舰。

9月中旬，日寇开始对江阴要塞实施大规模空袭，增派70多艘舰，300架敌机，对相关城市进行"无差别级"轰炸，力图打穿江阴防线。

9月19日，警报声大作，瞭望台报告，大批敌机向江阴要塞飞来。面对日寇30多架庞大机群汹涌而来，陈季良果断命令，炮手各就各位，万炮齐发。仇恨的炮火染红了天空，正义驱赶着邪恶，火弹冲进魔群，打乱敌机编队，击落4架。日寇惊魂落魄，无心应战，未发一枪，未置一弹，杂乱无章地高速逃窜，我军以排炮"欢送"。当日下午，日寇又二三十架机群来犯，我军以高射炮猛射，空际炮弹纷飞，击乱机群，迫其未敢沿江飞行。

次日上午，敌机飞抵江阴要塞上空盘旋，时而俯冲，投弹扫射；时而爬高，隐入云中。我军炮火如烈焰，使其无功而返。下午，陈绍宽乘坐"中山"舰视察，召集各舰长会议，分析战况，预估日寇将大规模攻击，战斗将极为惨烈，务必做好迎敌准备，抱定殉国信念，决死抵抗，誓与舰共存亡。

风暴来临之前，死一般寂静，江风无声，江水无波，江岸无光。唯有舰船上官兵的目光在闪动、扫描，环顾天宇。是夜更深，敌机群又来袭，如恶魔，突然从天而降，出现在舰队头顶，猛卸狂投炸弹，一会儿又拉高入云，急速返航。敌诡计多端，虚虚实实，日袭夜扰，制造紧张气氛，让我官兵紧绷神经，昼无完餐，夜不能眠，体力、精神大大消耗。但我将士精气神十足，松紧有度，应对自如，始终保持警戒，即便是更深夜静，甲板上都有人向江面远处和空中眺望，在炮位旁枕弹待发。

9月22日，敌机开始轮番轰炸，聚焦"平海""宁海"舰，两舰上空敌机似黄蜂群，遮天蔽日，嗡嗡之声令人作呕。日寇出动30多架攻击机、轰炸机，携重型炸弹，做最猛烈轰炸，首先分批环攻"平海"旗舰，以求擒虎之功。炸弹如冰雹，纷纷洒落，舰周水柱如林，舰上火光冲天，人淹没在火海之中。我官兵早已抱定以身殉国之壮志，反正就是一条命，让狂风暴雨来得再猛烈些吧，越猛烈越显精神存在，哪怕活一刻，也活得痛快、舒服。即便官兵被炸伤，仍毫不退缩，冒弹雨，沉着应战，热血沸腾，火力全开，高射炮对天放，机枪横空扫，威猛予以还击，击落5架，以冲天气势驱走敌机群。

日寇见首轮攻击未达目的，重新调整了力量，再增加兵马，调集80多架飞机，分多批集中攻击中国海军实力最强的"平海"舰、"宁海"舰，似黑云压城，非使城毁人亡不可。陈季良指挥军舰殊死抵抗，敌机越多、炮火越猛，飞得越低、斗志越高，接连击落4架敌机，使敌不敢近前。 23日清晨， 10余艘日舰躲在江雾之下，向江阴要塞进犯，我军备战笛号响彻天宇，吹响舰队对决的冲锋号角，严阵以待最后厮杀。日舰逼进、再逼进，我军炮口聚焦、再聚焦，临近射程，日舰却突然返航，我官兵万分失望，即将发出的炮弹又得收回膛。江上刚走一会儿，空中又有敌机来犯，日寇到底玩哪门戏法？陈季良凭其戎马生涯几十年的经验，料定今日必有恶战，决定提前午餐，抓紧休整，准备决战。

果然，午后敌机蜂拥，先是10余架驱逐机掩护10多架轰炸机，向中国舰队袭击。紧接着，增至70多架，布满江阴上空，一部分攻击炮台，吸引要塞火力，一部分围攻"宁海"舰。陈季良指挥密集火力，大小火炮一起开，火炮子弹交集，使日光失色，让敌心生寒意，激昂的炮弹更加有效，精准冲向敌机，在空中飞舞，接续使数架敌机冒烟消失。敌恼羞成怒，以"武道士"的蛮横，一波又一波，横冲直撞，炸弹如瀑布，狂泻而下。"宁海"舰寡不敌众，受重创，沉没江底，众多烈士伴它而去，江水如血，江波呜咽。日寇恃强凌弱，愈加疯狂，再次合围轰炸受伤的"平海"舰，弹火似狂风暴雨袭来。陈季良不惧风雨，从容指挥，仍率领官兵奋战不已。"平海"舰迎敌接连受创，弹痕累累，无法航行，陈季良命令向江岸花滩搁浅，当作固定炮台，不断向敌射出愤怒的子弹。"平海"舰、"宁海"舰两天内发射高射炮弹一千多发，高射机枪弹一万余发，共击落敌机二十多架。数日后"平海"舰被炸毁，如被狼群撕咬，悲壮惨烈。

陈季良移驻"逸仙"舰，挂出令旗，继续指挥战斗。十多架敌机似恶鬼，扑向"逸仙"舰，陈季良率官兵予以猛烈还击，击落敌机两架。"逸仙"舰也被击中，舰毁损，人伤亡，情况危急。官兵劝陈季良快撤，陈季良双目圆睁，挥臂举枪，大声喝道："不，我们还剩十几发炮弹，要与敌人拼到底。"拼死，激战，火力不够，志气、勇气井喷。"逸仙"舰伤了，奋起再战，战了又伤，舰首炮舰尾炮被炸毁，而舰体在、人在、精神在，就来赤膊战。恶敌也怕赤膊精神。陈季良被弹片击中腰部，摔倒在甲板上，血流不止。他忍着剧痛，果断下令"逸仙"舰抢滩。敌机见"逸仙"舰无力还击，就超低空飞行，继续轰炸侵凌。陈季良不畏强暴，似乎又看到了杀敌的机会，顽强地站起来，拼力睁眼大吼一声："中国革命军人最好的归宿，就是与敌人战死在最后一刻。"他挺立甲板，拔出手枪，全力高举，枪口紧盯着纵横狂飞的敌机转，或前或后，或高或低，单枪与敌机对决，一人斗群魔。其精神感染全舰官兵，即便身负重伤，还有一口气，都从血泊中顽强起来，或卧着，或蹲着，或扶着，用手枪、步枪，与敌人血战，喊杀声与枪炮声交响，相互鼓励给力，直到所有子弹打光，打到气尽人绝。

陈季良受重伤，仍不下火线，继续移驻"定安"舰，再升司令旗，奋力指挥，一战到底。士兵劝告，挂司令旗，暴露目标，很是危险。陈季良早已把生死置之度外，仰视军旗，脚跺军舰，使全力高声喊道："司令旗在，中国舰队就在，对敌是蔑视，对自己人是个鼓舞！"

人在，气节在。气节在，人就在。俗话说，输人不输阵。陈季良奉为信条。

十月革命胜利时，陈世英奉命率舰队北上，进入黑龙江控护航权。抵达庙街，华侨劝告，须尽快启航，否则江封冻，被困陷。欲启航，被日寇炮火阻拦，不得不在庙街过冬。其间，苏联红军游击队与日支持的白俄军队交战，日寇口气强硬，无礼要求协助攻击红军。陈世英心生不快，以客军不谙陆战为由，没好气，一句打发。不久，苏联红军独臂司令官来拜访，陈世英敬佩其为民族独立不怕牺牲之精神，惺惺相惜。红军没重武器，久攻不下日寇领地，想向中国海军借炮，陈世英果敢地借以大炮、机枪，苏联红军如虎添翼，迅速攻破日寇守地。日寇知情，威胁全歼中国海军，不留一人。陈世英负九死一生信念，遇不测，就自沉。此"庙街事件"引起中日争端。日方提无理要求，要求中方道歉、赔款、严加惩处相关的中国军人。中国政府屈从要挟，答应条件，下文撤职陈世英。

陈世英历来一身正气，思想先进。武昌起义，指挥炮击刘家庙，打响了海军投向共和的第一炮。此次率舰北上，踏风浪，破冰雪，不畏艰难，凛然正气，支持红军抗强敌，令海军同仁同情和钦佩。海军部继续让其担任要职，只是把名字陈世英改成陈季良。从此，陈季良这个名字，如同一艘精神航母，在中国海军永不沉没。做人有气节，精神永不灭。

陈季良被抬走养伤，第二舰队司令曾以鼎接防。同出于三坊七巷的曾以鼎，继续进行顽强抵抗，一样令日寇头痛不已。日寇破防后，雇佣 1000 多人打捞阻塞线沉船，清除障碍，用七天七夜挖出一个很小的航道，仅容小型舰船通过。日寇最有把握的是其海军，然而，数月难破我英勇海军血肉铸就的长城，战局为之一变。历史再次证明，国贫，志不能短。国弱，兵不强，器软弱，要以弱抗强，唯有挺起气节精神，牺牲血肉之躯，敢当烈士英雄。福州籍中国海军将领陈绍宽、陈季良、曾以鼎率领的中国海军，以民族气节、壮士雄心凝聚无数官兵战斗力，以不惧牺牲的大无畏精神，筑起江阴防线，这是民族精神防线，使敌胆寒，令后来者永远敬仰。一位观战的德国顾问被震撼：中国海军如此英勇，如此无畏，中国必胜！中国必胜，我们必须向无数深怀民族精神的无名英雄，致以最崇高的敬意。

陈季良治伤病，急需盘尼西林（青霉素），其夫人想去找些，他摆摆手，以虚弱的声音说："不用了，我这身体即使能好，也上不了前线，有盘尼西林还不如用到受伤的年轻人身上，治好了他们还可以上前线多拼几个日本人。"即使生命所需，生存所要，但为了国家民族，什么都可以放弃，何况几片药物！这就是将军的情怀。

望了望夫人，陈季良艰难地说出人生的最后一段话："我深恨未能将日寇赶出中国——我死后，不要让我入土，我要看着日本人被打败。等打败了日本人，你就往我的棺材倒几杯酒，我也要好好庆贺一番。"临终遗言，不忘家国，祈愿未来。生，英勇灭敌；死，同仇敌忾。生是中国人，为国尽忠；死具民族魂，不忘家仇族恨，与国家共荣辱，与民族共命运，这就是将军的气节精神。

陈季良病逝，家人遵照遗嘱停棺田野。抗战胜利那一天，陈夫人来到陈季良灵柩前，把酒号啕痛哭了一场，声恸山城，波及长江两岸，和泪告诉丈夫和将生命、热血洒在江河湖海的英灵：我们终于打败了日本人，你们可以安息了！抗战胜利后，载着陈季良灵柩的军舰抵达马尾港，船舰汽笛悲鸣，军旗低垂，官兵肃立，江水肃静，家乡人拥到码头，或低头、或鞠躬、或跪拜，迎接英烈魂归故里。公祭场面浩大，现场泪湿一地，哭声一片，船舰停摆，江水滞流。

前事不忘，后事之师。

隆隆炮声，烈士精神，在历史长河中回响！回响！

六　惊涛巨变

物极必反，穷之极，必生变，以变图新、图强。推进事物向好的变化，必须付出必要的损耗。

"中国以变法流血者，请自谭嗣同始。"戊戌变法，林旭等六君子罹难前一天，严复主编的《国闻报》以《视死如归》为题，说了这一著名的话。

"君子死，正以尽！"林旭临行前神色自若，仰天长啸。

林旭系"同光体"诗之新秀，被沈葆桢之子沈瑜庆赏识，将其宝贝女儿、同样是诗坛新人的沈鹊应，许以终身，招婿入赘，视如亲儿，悉心栽培，推荐给乡亲贤达，如陈宝琛、林纾、陈衍等人。林旭在京两次应试，不第，其间结识维新进步人物，如严复、康有为、谭嗣同等，踊跃穿梭其间，获取新思想，以释放功名不就之纠结。

目见甲午战争，中国屡战屡败，国家和民族陷入极大危机，林旭开始投身救亡图存、振兴中华的维新变法运动。参与组织闽籍1000多同试举人，发愤上书，请拒和议，痛陈民族危亡严峻形势，反对割让辽东和台湾，史称"公车上书"，推动维新运动的激进发展。林旭发动寓京闽籍维新人士成立"闽学会"，传播西学，参加康有为组织的"保国会"，"始倡董事，提倡最力"。因"才思敏捷，能详究古今，以求致用，于西国政治治学，讨论最精"，受光绪帝召见，得以军机章京（"小军机"）上行走，参与新政事宜，上书言事最多，不少变法上谕出自其手笔，"日夜谋变更一切甚亟"。

林旭、谭嗣同等人在帝国权力中枢火急火燎，谋变频出，大刀猛舞；光绪帝想一变就能扶大厦之将倾，诏谕狂飙，拆梁换柱。理念新，方向对，功成重在节度。否则，如同在初修的路基上飙车，基不实而车急，车毁人亡在所难免。变革，新事物要打破老规矩，首先要立得住，走得稳，才扛得起，行得远。年轻、气盛、冒进、激进，跌倒，好心肠却扼杀了新进步。戊戌变法因诸多缘由失败了，重要维新人物逃的逃，杀的杀，林旭在狱中写给谭嗣同的诗曰："青蒲饮泣知何补，慷慨难酬国士恩。欲为君歌千里草，本初健者莫轻言。"想报答圣恩，壮志未酬，欲活，但决不苟活，为国家前途命运忧。反思短暂人生，留下无限感慨。

变法失败，朝廷下令捕杀维新人士，康有为从水上跑路。严复学生刘冠球奉令驾舰追捕，途中，或曰舰缺燃煤，或曰受严复维新思想影响，同情康有为，放之一马，中途返航。

严复在闽学会认识林旭，维新搭桥，图强铺路，才思相惜，一见如故，仅数月，已成了挚友。林旭遇难，严复写了《戊戌八月感事》等诗悼念，"求治翻为罪，明时误爱才"，悲图强反为罪，哀叹报国之才无用武之地。

严复亲历了马江海战完败、甲午战争溃败、戊戌变法失败，目睹了好友遇难、同窗殉国、学生牺牲和同胞受辱，中国外战则屡战屡败，对内革新则破不成、立不就，西方列强虎视眈眈，掀起侵略狂潮，偌大中国，被分割成了列强的一块块"势力范围"，整

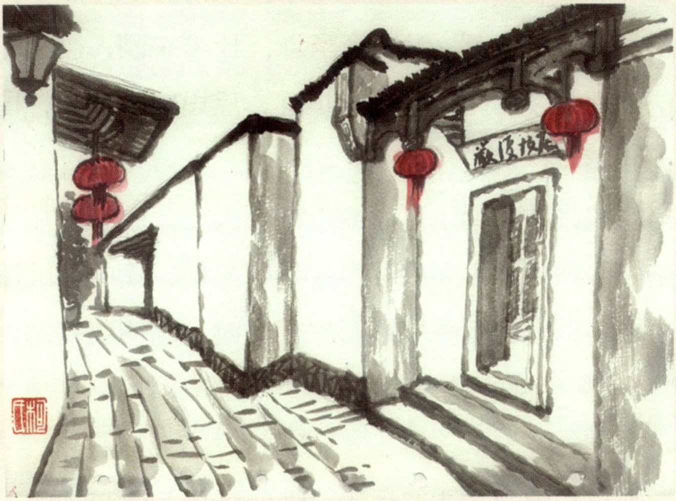

个国家成了豆剖瓜分之势。严复意识到，中国积弱已达极点，主要原因是国家治理，既不知外情，又不能自强，根本在于"内治之不修，积重而难返"。

国之乱，乱在政纲；人之弱，弱在思想。晚清王朝，洋务派保守派对立，官员勾心斗角，士大夫政见纷争，政体移植或嫁接莫衷一是，社会思想混乱，民心没了主心骨。晚清天空灰暗，大地失色，空气凝固，似乎已是寒夜。

严复出，如拨开乌云钻出一轮明月，给世界以清朗。

勤学与深悟，囊萤借光

严复父亲严振先，国学造诣较深，亦儒亦医，亲自教严复读书。严复幼时师从名儒黄宗彝等人，主学宋明元三朝理学，常聆听名儒学案，熏陶不畏权势、刚正不阿的气节和傲骨，感知天下兴亡、匹夫有责的胸怀和气度，激起爱国情感。严复常年挑灯夜读，学业精进，年仅14岁，以第一名成绩考入船政学堂。初丧父，家道落，获学贴以补家用，更加励志奋进。国文、英语、算术了得，天文、地理、航海无所不精，成绩优异，作为清政府派出的第一批留欧学生，前往英国深造。从古国，向大洋，到新域，既大开眼，又从小事悟大道，如在野战筑城课上，中国学生挖掩体最慢，严复感知中国教育与西方教育的差距所在。经历四次乡试，他苦读国学；向洋师夷，更是只争朝夕，学而常思，日践夜悟。严复发现"西洋胜出，在事事有条理"，深识了西方科技之先进，领悟西方政治、经济、法律制度之文明，觉察到道德、人心、风俗之重要，看清了中西方的巨大差距。因此更加注重研读西方名著，探究西方学术精神，关注社会人文，下决心缩小差距，发奋图强，迎头赶上。跨洋开眼界，反躬再内视，明白了中国之时弊："中国切要之义有三：一曰除忌讳，二曰便人情，三曰专趋向。"此见地，已超越了物器层面，达到了制度层面，甚至跨越到意识形态层面，换句话说，其所思所想，已超脱物之所负，更多的是国之治理、人之思想，内存足够大，硬核聚高光，超凡物外。因此深得驻英公使郭嵩焘赏识，赞曰"于西学已有窥寻，文笔亦跌宕，其才气横出一世，无甚可意者"，"又陵才分，吾甚爱之"。

严复经郭嵩焘、陈宝琛举荐，未上舰实习，而是延长留学时间，归国后，在天津水师学堂任教习、会办、总办达20年，对西方思想家及其学术思想作更深入的了解，致力于翻译西方资产阶级哲学社会学说及自然科学著作，介绍宣传西方先进思想，提倡教育救国，赞赏西方"民不读书，罪其父母"的强行义务教育，推动"体用一致"以鼓民力、开民智、新民德，成为维新运动最重要的思想家。

中学与西学兼收，以真理聚光

严复认为，"欲读中国古书，知其微言大义者，往往待西文通达之后而后能之"。

梁启超称赞严复"于中学西学皆为我国第一人物"，其思想贡献太大，掩盖了在国学和文学上的贡献。胡适赞说："他的译本在古文学史也应该占一个很高的地位。"毛泽东曾称赞他是"中国共产党出世以前向西方寻找真理的一派人物"之一。

严复自小苦读国学经典，国学功底过硬，令船政大臣沈葆桢心动不已。功深不嫌大，学海更无涯。留学回国，特拜当时中国最著名的桐城派宿儒吴汝纶为师，英雄识英雄，煮茶问道，切磋砥砺，成了知心朋友。以文名世的进士吴汝纶读《天演论》，为之倾倒，立即致函："得惠书并大著《天演论》，虽刘先主之得荆州，不足为喻。"吴汝纶读罢感动赞不绝口，为书作序，认为史无此宏制，"其书乃骎骎与晚周诸子相上下",竟亲笔细字,一字不漏抄录,藏在枕中。

严复阅古今,读中西,敢于坚持正见,修正错误,不为洋务派所谓的"中学为体,西学为用"而歌功助阵,坚持"中学有中学之体用,西学有西学之体用,分之则两立,合之则两止",不赞成"中体西用",既主张"痛除八股而大讲西学",又极力反对全盘否定中国传统文化,提出"自由为体,民主为用",做到"体用一致""本来一致"。他认为西方富强的根本原因,"不外于学术则黜伪而崇真,于刑政则屈私以为公而已",这种"黜伪而崇真"的科学精神和"屈私以为公"的清廉政治,在西方行得通,而在中国行不通,原因在于西方自由民主,中国封建专制。

严复最早发现洋务运动重"器物",追求富强之路,而戊戌变法,转向政治体制变革,都没有从根本上解决问题。从文化层面解决国民性,显得极为重要,不仅仅西方文化,根源还是中华文化精髓,这是中国人的灵魂所依。区分国家和民族素质的高低,"要以国性民质为先",以国家精神和人民素质为主要标准,而不是以"形而下",即以物质的东西为标准。冲破艰难险阻，向着光明的未来前行，绝不是"乞灵他种之文明余唾"。

严复带头成立孔教公会，并非简单地尊孔复古，而是坚持既用中国传统文化解释西方文化，又用西方文化解释中国文化，赋予传统文化新内涵，开辟弘扬国学的新境界。

严复呼吁："灭古之徒，可以返矣！"

知之，更行之。严复联系、比较中西方文化，针对僵化国情，"做天演论"，取西学之精华，西为中用，开化国人。同时提倡尊孔读经，不能忘了根本。比如，对其子以反对迷信为由，祭母不行跪拜仪式行为，严复毫不含糊。他指出，一切宗教都有迷信，但是，不能抹杀它们的合理部分。"异日一线命根，仍是数千年来先王教化之泽"，这是思想家对传统文化的守护。

严复西学观，师夷制夷，不仅在技，更在道，倡导建立正确思维，讲究科学方法，重视归纳和演绎这两种重要手段。严复翻译穆勒的《逻辑学体系》，系统向国人介绍科学的思维方法，中国开始出现现代意义的、严谨思维的理论，严复成了中国逻辑学创始人。他认为，古之中国，"学术之所以多诬，而国计民生之所以病也",在"演绎"甚多,爱推演铺陈,得结论,而"归纳"绝少。追求真理,既要演绎,更要归纳,主张"亲为观察调查",重实践,剖析客观事例,格物究理,"察其曲而知其全者也,执其微以会其通者也",从具体到一般,从大量事实归纳出结论,以致名实相符。他曾用赫胥黎的话说:"读书得智,是第二手事,唯能以宇宙为我简编,格物为我文字者,斯真学耳。"

追求真理,坚持真理,离不开正确的思维、科学的方法。

物竞与天择,似惊雷闪耀兴邦强光

"中国目前危难,全由人心之非。"民愚,国必弱。

严复认为,国之强弱存亡决定于三个基本条件:一曰血气体力之强,二曰聪明智慧之强,三曰德性义仁之强。"是以今日要政,统于三端:一曰鼓民力,二曰开民智,三曰新民德"。国欲强,先从启蒙教育始。

铁肩担道义,妙手著文章。古人钻木取火,新光照耀华夏。唐僧西天取经,严复西方"盗火"。严复自觉获取新知识,锻造新思想,开民智,启民思。他认为，启蒙必须译述"正经西学""今欲选译，值得取最为出名众著之篇"。严复翻译发表了《天演论》《原富》《法意》等 8 部著作，特别是在戊戌变法期间发表《天演论》，在思想界影响极大，改变以儒家为核心的思想文化传统，改变"天不变，道也不变"的思想和历史循环论世界观，开辟了中国具有现代性质的进化论时代。

封建王朝，皇帝即天子，王朝不变，天子代代祖传，宗法制度不变，其他一切难变，除非改朝换代。天变，人之道自然变，这是"天择"；天不变，人之道也得变，因为"物竞"。在社会大潮中，"彼"变，"此"若不变，"彼"进，"此"不进，"此"就落后了，不适应"彼"之变，如体育竞赛，不适应更快更高更强，终将被淘汰。历史潮流滚滚向前，彼此彼此，都得跟进。世界在变，祖宗之法不变，那就陷入封闭的死循环。大千世界，万事万物，不是周而复始的循环往复，而是一个"物竞天择，适者生存"的进化向前。

《天演论》的"物竞天择"观念，引发强烈震动，"优胜劣汰"规律，当头棒喝，给蒙羞受辱的国人极大刺激，如惊雷震醒睡狮，"鼓民力、开民智、新民德",思想强民,成了必然。坚持抗争弱肉强食"天演"法则,民族才有生存的希望。大丈夫为生存,当英勇斗争,身可曲而志不可夺,"可争可取而不可降"。严复引用英国诗人丁尼生的诗说:"挂帆沧海,风波茫茫,或沦无底,或达仙乡。二者何择?将然未然。时乎时乎,吾奋吾力。"人出世,是沉海底,是抵仙境,都未有定数。唯有只争朝夕,奋力向前,才能到达胜利的彼岸,实现对美好生活的向往。

鲁迅先生说,严复"毕竟是做过《天演论》的"。一个"做"字,入木三分刻画出严复翻译此书的良苦用心。严复从"信""达""雅"出发,在翻译中做到内容信实、语言畅达、文采斐然,通过文学之美,表达哲学之思,开启伦理之新,从而得到广泛传播。鲁迅先生说:"最好懂的自然是《天演论》,桐城气息十足,连字的平仄也都留心。摇头晃脑地读起来,真是音调铿锵,使人不自觉其头晕。"他爱不释手,有长辈反对,他"照例吃柿饼、花生米、辣椒,看《天演论》"。梁启超称赞严复"眼中未见有此等人",并作诗曰:"哲学初祖天演严,远贩欧铅搀亚槧,合与莎米为鲽鹣,夺我曹席太不廉。"美誉严复是中国近代第一位思想家,融合中西文化,其成就与西方文豪莎士比亚、米尔顿并驾齐驱，译作影响之大、思想之新、文笔之美，将夺占我辈文人的席地。

吴汝纶作序说："自吾国之译西书，未有能及严子者也。凡吾圣贤之教，上者道胜而文至，次者道稍罚矣，而文犹足以久。独文之不足，斯其道不能以徒存。"文以载道，文美，道传深而远。光绪年间，西人之学，国人多闻所未闻。严复以雄文著译《天演论》，国人如获至宝，能读之，成为时尚，"天演""物竞""天择""适者生存"等热词变为人们的口头禅，影响由表及里，触及心灵，像野火一样，燃烧多少年轻人的心和血，像胡适，将原名胡洪骍，改为胡适。胡适评价严复"介绍近世思想第一人"，康有为称其"为中国西学第一者也"。

《天演论》影响深远，国人发出与天争胜、图强保种的呐喊，正面"生存竞争"，正视"自然淘汰"，正确进化演进，为富国兴邦开辟新路径、新境界。

救亡与图存，首倡变革点火亮光

严复认为，"身贵自由，国贵自主"，国家兴衰的关键是"自由不自由"。人的自由是根本，民主是自由在政治上的体现，是实现自由的手段。"小己之自由",是天赋人权,人得争自由。"国群之自由",尊重个人自由,但是,不得妨碍他人自由,国家、民族自由为大、为重,若国将不国,如"华人与狗不能入内",个人自由何以保障?《马关条约》签订后,严复发表《救亡决论》,提出:"今日中国救亡,非变法不可!"个人争自由,国家争自主,以至于统一。

强烈的民族忧患,满腔的变革意识,满心的图强意愿,竭力发出正声音。严复与王修植等创办《国闻报》,撰写发表主要政论文章,发表了《拟上皇帝书》,吴汝纶称其是继王安石之后,仅有的一篇变法奏议,引起光绪帝兴趣。经林旭引荐,得光绪帝召见。严复与帝谈及《拟上皇帝书》,谈及治国之策,谈及变法,并建议"联各国之欢",搞好外交;"结百姓之心",聚人心,振士气;"破把持之局",打破守旧官吏盘踞要津、把持政局的局面,下决心解决政治腐败,救亡图强。

严复指出,"欧墨物竞炎炎,天演为炉,天择为冶"。生存竞争,总是红红火火、熙熙攘攘,不曾停歇。天有天道,顺之者昌,逆之者亡,循天道,尊重自然,遵循自然进化规律,得以生。人不负天,天不负人,皇天不负有心人,天道总酬勤。发挥主观能动性，与万物竞自由，与天争胜，与地争厚，冶炼自强之本，保存先进之种，以立于世界之上。自强，并非独自强，而是群强。单竹不成排，一双筷子容易断，个人英雄主义易折，团结聚力合力而群强，唯有群强才能战而胜，能保种。严复指出，"能群者存，不能群者亡；善群者存，不善群者亡"，强调人的社会性，不仅"能群"，还得"善群"，追求个人自由、幸福，不能天马行空，得有个限度，习惯于"己轻群重"，个人服从社会，以达到整体利益最大化。国家好，民族好，个人才会好。坚持"己轻群重"，才能适群、合群、强群，群策群力以图强。唯有自强，赶紧奋进，才能生生不息。

严复孜孜不倦研究"中西学问同异"，探求富强之道。他不为翻译而翻译，而是借助翻译，系统、创造性地翻译，表达爱国思想和爱国主张，希望达到救亡图存的目的。

中国的普罗米修斯，盗来西方最先进的思想之火，却未能自己实现。不过，严复的思想持续发光，照亮后来者。

情与义，闪耀本真本性光芒

严复少年丧父，作为长子长孙，理应居住祖屋

"大夫第"正屋,而他不与族人争房,只愿,寝宿,家有屋;书写,有张桌。宁住偏房小屋,却不愿意赶走族亲,住正屋。

严复功成名就,已是思想巨人,至 62 岁,不忘穷根,不怕人嫌出身不好,竟自亮少时家悲惨,作诗曰:"我生十四龄,阿父即见背。家贫有质券,赙钱不充债。陟冈则无兄,同谷歌有妹。慈母于此时,十指作耕耒。上掩先人骸,下养儿女大。富贵生死间,饱阅亲知态。门户支已难,往往遭无赖。五更寡妇哭,闻者隳心肺。"走得再远,都没忘自己从哪里来,究竟是谁,来自何方。

严复结发之妻,未及不惑之年,病逝天津。他扶灵柩回福州安葬,很长时间,常常思念和悲伤。外甥女何纫兰年幼丧母,严复带在身边照顾、栽培,资助上学,常看望,多书信往来,当知心朋友。

严复翻译《天演论》,常请惺惺相惜的好友吕增祥提修改意见,后来干脆请吕住在自己家里,二人日夜相守、切磋。在出版封面上,严复特地注明"侯官严几道先生述《赫胥黎天演论》,吕增祥署检"。吕增祥被刺身亡,严复十分悲痛,每年清明为其扫墓,并写诗纪念。严复视吕增祥儿女为己出,特别安排其儿子吕彦直到巴黎读书，考清华学堂，成了官费留美预备生，并将女儿许以终身。

严复得到郭嵩焘赏识，并举荐。郭嵩焘赴英途中作日记《使西纪行》，不料遭顽固派攻击、谩骂、弹劾，因此任期未满，黯然离岗回国，后在孤独中病逝。李鸿章奏请朝廷为其立传，朝廷"不准立传赐谥"。严复不惧顽固势力，不忘知遇之恩，悲恸不已，书挽联以赞誉："平生蒙国士之知，而今鹤翅氄氄，激赏深惭羊叔子；惟公负独醒之累，在昔蛾眉谣诼，离忧岂仅屈灵均。"

严复对知遇之友，都以不同方式表达深情厚谊，写挽联赞吴汝纶曰："平生风义兼师友，天下英雄惟使君。"林旭遇害后，严复更是心心念念。严复晚年居所，选在郎官巷，是林旭的故居？还是专为陪伴？

严复早认清袁世凯为人："此公外沽有为之名，内怀顽固之实。死权躁进，茫不自知，不出三年必败。"严复临危受命任京师大学总监督、北京大学校长，后又被任命为总统顾问官，被指定为约法会议议员。时北京大学实际处于瘫痪状态，揭不开锅。大学借款、合并学科、平息紧缩薪水风波，以及抗衡教育部停办决议，严复都得到袁世凯支持。严复反感袁世凯的人品，但又找不出更强的人物代替他充当元首。袁世凯复辟帝制，成立"筹安会"，杨度耍了手段，将严复名列"筹安六君子"之中。严复拒绝巨额稿酬为其著文歌功，但没有公开反对被列入筹安君子之名。因"筹安会"一事，遭非议，深深自责："然而大丈夫行事，既不能当机决绝，登报自明，则今日受责，即亦无以自解。""不幸年老气衰，深畏机陷，当机不决，虚与委蛇，由是严复之名，日见于介绍，虚声为累，列在第三，此则无勇怯懦，有愧古贤。"

人无完人，而不完美居多在人性、在人情。世间事，当断不断，虚与委蛇，顺水将就，在于感性与理性之较量，私情与公理之斗争，或割不断，或理还乱，其结果历史评判或是或非，只要是善心善念，都彰显人性光芒。思想巨人自责求全，更显思想之伟大。

严复自拟对联曰"有王者兴，必来取法；虽圣人起，不易吾言"。一日三省，思过自责；一生宗光，充满自信。自责过后当自信，自信来自常自责，有自信，更懂得自责，自责与自信相纠结、相映照，没有大不了的事，没有过不了的坎，一路向善向上，一心愉悦爽朗，一世功德绵长。

英国驻华公使评价严复："像严先生这样伟大精深的学者，全世界至多只有 20 人。"

1997 年，习近平同志为严复文化研讨会题词"严谨治学，首倡变革，追求真理，爱国兴邦"。 2021 年 3 月，习近平总书记考察郎官巷严复故居，指出严复是中国近代启蒙思想家、教育家、翻译家，特别赞许严复对后人的严格教育是很好的家风家训。新的时代，我们应该把严复精神发扬光大。

写了严复，研读了《天演论》，心潮起了波澜。

先哲严子
为国人演绎旷世之作
明了物竞天择之道理
鼓了民心
开了民智

物竞炎炎
如森林木木蒸蒸日上
弱弱者难见微光
哪能更高更雄壮
天择荡荡

如潮汐退涨
顺潮乘风破浪
逆流千辛万难

太阳月亮洋流急
我们和着节律，崇尚致礼
赶潮流，如脉搏不停息
循大道，怀经纬千万里
强国圆梦，齐奋力

"君为思想家，鄙人是实行家。"孙中山十分敬重严复。但人各有志，严复主张君主立宪，孙先生坚持民主革命。

甲午战败，败则弱，弱则危，危则多难，社会矛盾越加尖锐。帝国主义虎视侵食中华民族，封建主义压制欺凌人民大众。哪里有压迫，哪里就有反抗。为救苦难于危亡，资产阶级革命派登上了历史舞台。起义了，失败了，再起义，再失败，又起义，波澜起伏，革命成了不可阻挡的历史潮流。

1910年，孙中山决定再发动一次大规模起义，首先攻占广州。中国同盟会在香港成立统筹部，策动广州起义。

1911年春，统筹部发信，"事大有可为，请偕同志来"。林文，人称"林大将军"，在东京闽籍留学生中享有声望，深得孙中山器重，即召集同盟会十四支部（福建分会）同志，商讨大计。不顾大病初愈，来不及调养，与林觉民同舟赴港，急切与同志共商起义大事。林觉民奉命又秘密回闽，昼伏夜行，以志向引人，以激情感人，以善言化人，不遗余力召集革命志士，培植革命党人。冯超骧毅然辞别病重的父亲随林觉民赴港，已在福州新炮兵营供职的刘六符踊跃与役，执意参加举事。共和山堂骨干、救火会会长刘元栋，性格豪爽，疾恶如仇，不满清廷腐败、丧权辱国，一得知消息，就急忙来找林觉民，说"吾革命之志，蓄已十年。事无难易，辄以身先止"，"吾党也有今日耶，余所部皆能明大义，必可用，当率前往"。刘元栋四处奔波，联络革命同志，赴连江、长乐等地，言志党人，"誓相随做鬼雄，赴汤蹈火而不辞也"，"惟欲速发，冲锋陷阵"，"去家千里，退不可归。中国兴亡，在此一战。诸子勉之"。

临举事前，林觉民以学校放樱花假为名，回家探望亲人，但却躲躲闪闪，欲言又止。怕父忧，不敢言实情。恐妻问，只好等夜深回房，立床前，借灯影，细端详，妻如睡美人。多想卿卿我我，多想长夜长伴，更想好好痛哭一场。然而，万般无奈，时不我待，急于奔向远方，只能坚强地吞下眼泪，欲哭无声，欲张口呼唤爱妻，可又如此软弱、如此羞怯、如此缺乏勇气，一声都不敢吭。最容易做，却又是最难行，想就身旁坐一坐，再看一眼，却又不敢拖延，想倾吐万般话语，而枉有好口才，却似哑巴，无以诉说，纵有深情蜜意，也难以相拥抚慰。人生苦难，此最难。别爱妻，一步三回头，依依不舍，一舍竟成永别，呜呼！

林觉民带着刘元栋等志士，从马尾登船驰往香港，踏过汹涌波涛，躲过层层暗探，一趟趟来往于粤港之间，负责护送同志进广州。

林文见此甚为高兴，对同志们说："前此举义，死者多为劳动者，人皆谓吾辈怯，吾实耻之。今日愿与诸君挟弹为前驱，如果起义失败，我弟兄同时共葬一丘，亦无可憾。""待吾志实现，吾当弃官远遁，只当一名大中华的国民就心满意足了。"他决绝投身革命，"舍身以拯危亡"。

1911年春，广州满城风雨，清廷防范革命极为严密，又加起义消息走漏，督署严加戒备。起义队伍冒险入广州，兵马弹药未齐，形势恶化，意见不一，或改期起事，或退却，各据其理。林文力主起义说，"不但不能改期，且须速发，方可制人"。年轻心急，求速成，意志未统一，因此，行动不一，欲速不达。

1911年4月27日下午5时许，黄兴率领林文、林觉民、林伊民、方声洞等先锋130余人，臂缠白巾，手执枪械炸弹，吹响海螺，直扑督署。林文"左执号角，右挟小枪，身怀炸弹，腰背短剑"，带林伊民、刘元栋等猛将，攻打在前，疾扑督署卫队，冲锋陷阵，锐不可当，勇猛攻进督署衙门，逐房搜寻要害人物，见两江总督张鸣岐已爬墙逃走，放火烧督署。出督署，一路追击冲杀，遭遇早已部署的水师提督李准部队，展开激烈巷战，喊声大作，枪弹纷飞。林文"屹立如神，意气弥厉，冲锋突阵，无能当其勇者"，林伊民、刘元栋善拳术，力大无比，左右开弓劈杀，异常勇猛，以一当十。但敌众我寡，战事陷于焦灼之中，据说李准部有同情革命者，林文高呼："同胞们，我等皆汉人，当同心勠力，共除异族，恢复汉疆，不用打！不用打！……"不料言未毕，欲招降，反被还击，林文、林伊民、刘元栋等中弹而倒，异常悲壮。

"异时能得贡献社会则幸甚矣。"林文素有大志,豪迈任侠,义无反顾投身革命,战死疆场,实践了他悲壮的誓言:"此去莫愁闲索寞,许多遗老是乡亲。书生绝口谈《王会》,大将甘心任国殇。"成为民主革命千秋鬼雄。

刘元栋头部中弹,血流满面,倒在地上,战友连忙上前抢救,已奄奄一息,以微弱声音对诸友说:"吾死志也,不足悲;取图大志,勿念吾也。"刘元栋性豪爽,为人仗义,好解囊相助,甚至脱衣典当,毫不介意,乡里称"慷慨刘先生"。"慷慨刘先生",为革命,图大志,不惜生命,慨而慷矣!刘元栋胞妹、福州八才女之一刘蘅,从小受其影响,哀痛至极,填《鹧鸪天》一首,"男儿报国忠心壮,弱妹虚生恨事多",长年追思,"良宵偏是眠难稳,恐有吟魂入梦寻",魂断梦绕骨肉相连。

林伊民愈战愈勇,心力俱猛,杀敌未尽,却被飞弹击中,血涌如注,英勇献身。林伊民留日期间,与林文、林觉民同住东京"田野庐",人称"三林"。为壮大革命力量,他不遗余力游说,劝众人入同盟会。常对人说:"余非不知家族之可恋也,顾念中国亡，何有于家族？"常自勉"愈久愈不变，愈不可为愈为"，不畏艰险，百折不挠，偕同志担负军械弹药运送之责，巧妙避开反动军警耳目，安全运回国内。常模仿张飞言行，气粗行速，风骨伟岸，有神力，能举石三百斤。常叹息"大丈夫生此世，当以铁骑五千，横行天下，驱逐胡虏，收复山河"。常热血沸腾，革命"即使不幸而败、败而死，死而有知，也要化作厉鬼，驱逐虏贼"，忧国忧民，一腔热血，英勇绝伦。

接传令，起义在即，军火不足。方声洞争担此重任，迅速组织军火，突破艰难险阻，秘密运入广州。

方声洞早怀挽救民族危亡、献身革命信念，渡日留学，追随兄方声涛及嫂、姐参加同盟会，随之介绍妻子入会。方声洞胆略过人，聪明机警，坦率、真挚、尚气节，重然诺，口才好，煽动性强，逢人痛论国事，常登台演讲，声泪交加，"闻者莫不感奋"，得众人信任。闻广州举义，欲回国参加，闽籍党人虑其新婚燕尔，强留其在东京负责革命工作，方声洞毅然说："然则此举非特关吾党盛衰，是直系中国存亡也，吾安忍重为洋奴哉。"

为革命，置生死于度外，方声洞作"禀父书"，与妻绝命信，交代父亲、妻子："夫男儿在世，当建功立业以强祖国，使同胞享幸福，虽奋斗而死，亦大乐也！且为祖国而死，亦义所应尔也。""为四万万同胞求幸福，以尽国民之责任，……刻吾为大义而死，死得其所，也可以无憾矣。""但望大人以国事为心，勿伤儿之死，则幸甚矣。"禀告父亲，竭力反暴政，推翻清王朝，尽国家之责任，就是保卫身家。

信念坚定，战斗必奋勇。方声洞痛恨清廷误国害民，笃定"非颠覆专制政府，吾人必无安枕之日"的信念，萦绕着"事败中国不免于亡，四万万人皆死"的忧患意识，怀着"祖国存亡，在此一举"的决心，会同志士聚毕生之气力，冲锋陷阵，攻破督署，转战突进。不幸被围于一隅，但面无惧色，犹挥弹突击。此时夜幕已降，只凭弹火辨别敌我。见巡防营无臂号，举枪相向，相互厮杀，不幸被友军误伤，背、身多处中弹，血流遍体而气不衰，至最后一滴血而尽。黄兴赞曰："以如花之年，勇于赴战。"

林觉民创设"爱国社"，陈与燊积极参加。陈与燊受舅父萨镇冰资助，赴日留学，入同盟会。善作革命文字，撰写《天声出世宣言书》，宣扬革新目的，抨击时政。乐善好施，参与"闽南救火会"。善演讲，敢登台批驳梁启超君主立宪主张，言辞慷慨激烈动人。闻广州有大举，遂驰抵香港。与林觉民一同返闽，历尽坎坷，参加举事准备工作。身弱志坚，踏风浪，过海峡，进台湾岛募款数千，以充军饷，为革命尽心力。

因其文弱，众人劝勿参加起事。陈与燊断然说："事苟不成，诸君尽死，我义难独生。"又作绝命书，文辞壮烈，丹心耿耿。陈与燊随黄兴攻破督署，转战中，与提督李准部遭遇，不幸左目中弹，血流如注，忍痛竭力死战，被捕。

陈与燊与陈更新、陈可钧是同学，成置腹之交，志相投，无话不说，行相牵，敢上刀山下火海。陈更新接陈与燊信报，广州有大举。大病稍愈，即从桂林星夜奔驰广州，曲折抵达香港，参与筹划起义工作。仰望星空，意气风发，而低头看路，难免坑坑洼洼，必须一步一步前行。大丈夫做大事，应顺天道、尽人道，理想远大，现实骨感，父母妻儿、柴米油盐，不能不关顾，不得不面对，既保家，又卫国，两相宜，这也是人之常情。当夜深人静、工作疲乏之际，陈更新望着家的方向，思弱妻幼子，想家贫困至极，怨身无立锥之地，叹："我死不足畏，只是孤儿寡母，以后托付给谁呢?"因而色凄凄,心酸酸,泪汪汪。天黎明,陈更新又振作起来,大丈夫当视死如归,怎能瞻前顾后,像个孩子悲悲戚戚。他坚信,国人因其死而受到鼓励,那么,神州大地必有光明之日。

起义当日早晨,陈更新潜入广州,作为敢死队成员,当先搏战,攻打督署,平常军事训练有术,炸弹铅丸无一虚发,击毙清军管带金振邦及哨弁兵勇等数十人,防兵尽数逃遁。攻入督署,四处搜索,未逮住总督等关键人物。迅即杀出督署,被水师援兵围攻,激战,战友或被冲散,或被擒获,伤亡殆尽。陈更新进退无路,跃登督署门楼,或俯身扫射,或挥臂投弹,孤身奋战,消灭敌勇,使敌兵不敢靠近。以城楼为掩体,时隐时现,时狙击时抛弹,与敌相持三昼夜。终因不眠无食,弹尽力竭被捕。

敢死队与李准围兵激战,异常猛烈,陈可钧身负重伤被捕。同学、同志,志同、道也同,命运也同乎?陈可钧与陈与燊、陈更新同窗交好,共同追随孙中山,进行民主革命。陈可钧跟随林文,秘密进入广州,参加敢死队,齐力攻督署,挥弹驰战,临危不惧,天生体弱,但不畏强敌,冲要害,破防线,在枪林弹雨中穿梭、突进,身多处受伤,血流不止,却毫不在意，仍坚持死战，只要有一口气，就能扣扳机，打一枪算一枪，毙一个除一敌，使敌气数早尽。陈可钧多忧愁，为事忧，为人愁，更担心体质差无法报效祖国，"体不健百不成……落魄至此，宁得不忧"。多愁善感，思多，忧过，愁周全，未尝不是好事，往往可预感事情未发之时。起义前，曾担忧："党人众多，必然良莠不齐，恐致风声泄露，清吏得以戒备。"后来，果然有内奸告密，被迫仓促起事，附议林文，"事已至此，义无反顾，终当冒险行耳"。李准获密报，早已屯兵督署外，才有此艰险，以致失败。钻石之坚硬，木炭之松散，区别在于内部组织结构也。

同学书生，成狱友，为主义，志气、骨气、硬气，一个更比一个坚、硬。

清吏讯问陈可钧："一个白面书生，何苦为逆以自残？"可钧怒斥道："尔等利禄熏心，岂以富贵可久持耶？吾辈必有继起，而终成吾志者！""尔以此举为壮士辱耶！事之不成，天也。然只唤醒同胞，继志而起，愿足矣。"从容赴刑场，言笑自若，引项就刃而死。

"子年尚少，何故倡乱，自贻伊戚！"刽子手尖牙咧嘴呼叫。陈更新提眉瞪眼以鄙视，厉声答曰："吾起义，所以破醒同胞之梦也，奚谓倡乱！杀身成仁，古圣明训，尔曹鼠尔，宁知大义？"陈更新神色自若，仰天大笑，立地不跪，挺身就戮，至死不屈，从容就义。观之者无不为之流泪，赞曰："个儿郎，美如玉，肠如铁，奇男子也。"

人具才俊、志高、情切，气贯长虹，总让对手闻之胆寒，敬之三分。

林觉民让官府不敢怠慢，由水师提督李准和两江总督张鸣岐联合会审。林觉民将庭审作为演说政见的舞台，视枷锁于无形，看衙役如道具，思绪入云端，踱步随所欲，挥臂昂首，目光四射，或呼、或喊，"侃侃而谈，畅论世界大事，以笔立言，立尽两纸，书至激烈处，解衣磅礴，以手捶胸"，容不得张、李二人插嘴多言。李准惜才，起怜悯之心，多番劝说，封官许愿，欲改其志，留朝廷所用。懦夫随风倒，硬汉依道立，任风吹浪打、拉拢利诱，唯道是从。面对早已立志，从小接受革命思想、推崇自由平等学说、"少年不望万户侯"的林觉民，无论如何软硬兼施，但都是枉费口舌。

朝闻道，夕死可矣。起义之前，林觉民就决心以死明志。

回家探望，已有生离死别之意。万千情爱，千万回眸，心血翻滚凝视，如铅双腿，拖脚挪步，万千艰难，千万不舍，走出家门。广州起义前夜，已下必死之心。小手帕，大决绝，决绝不负卿、不负"天下人爱其所爱"。"吾作此书，泪珠和笔墨齐下，不能竟书而欲搁笔。又恐汝不察吾衷，谓吾忍舍汝而死，谓吾不知汝之不欲吾死也，故遂忍悲为汝言之。""吾充吾爱汝之心，助天下人爱其所爱，所以敢先汝而死，不顾汝也。汝体吾此心，于啼泣之余，亦以天下人为念，当亦乐牺牲吾身与汝身之福利，为天下人谋永福也。""吾至爱汝！即此爱汝一念，使吾勇于就死也！""意映卿卿如晤：吾今以此书与汝永别矣！"

白色手巾，书满血泪，凄美悲壮，千古绝唱。《与妻书》非只对妻语，非只言情，而是向世人诉说，家庭幸福、夫妻恩爱、国家前途、人民命运孰轻孰重，向世界告白"为天下人谋永福"，乐于牺牲自己，令人荡气回肠。

林觉民怒指张鸣岐："只要革除暴政，建立共和，能使国家安强，则死也瞑目。"

"亡大清者，必此辈也！""亡大清者，必此辈也！"……

一声强过一声，反复轰鸣在张鸣岐头顶，张鸣岐恼羞成怒，为了腐朽清廷残存以生，除林觉民而后快。

《与妻书》，家国情怀穿越时空。林觉民，顶天立地大丈夫。读之，情绪难平，作《男儿当读〈与妻书〉》：

卿卿如晤
吾至爱汝
何事不语
何情不诉
与汝并肩携手
以天下人为念
为创造幸福而幸福
吾与汝

卿卿如晤
为汝谋惟恐未尽
未尝以吾志语汝
只恐日日为吾担忧

吾万劫而不辞

而使汝忧愁

的的非吾所忍

徒使眼成穿

也不愿让汝随行

卿卿如晤

吾幸得汝

吾真真不能忘汝

隔千里时时梦汝

而相对又不敢语

欲相离而不用情

把灯立床前

灵尚依依伴汝

只因吾心不忍留苦于汝

男儿当读《与妻书》

为天下人谋永福

乐牺牲吾和汝

千年修共枕

何曾想破镜再重圆

拥你当歌

书短情长

广州起义,参加的革命志士一百三十多人,其中闽籍义士占四十多人。黄兴赞叹"呜呼,闽友四十余人""战时无不以一当十""为国流血,何爱头颅"。他们都做必死的决心,冲在最前头,作战最英勇,牺牲最壮烈。七十二烈士,福建居十九人之多。福建十杰:林文、林觉民、林伊民、方声洞、陈更新、陈与燊、陈可钧、冯超骧、刘六符、刘元栋,几乎都在林白水、黄展云创办于三坊七巷的蒙学堂学习过,从小接受自由平等思想。十杰之中,年龄最小的陈更新仅21岁,最大的冯超骧也不过31岁,其余基本在二十三四岁,如此年轻,既有顶天立地的家国情怀,舍命献身助天下人爱其所爱,为天下人谋永福,又能有血有肉,顾家爱亲,情意绵绵,爱意长长。事实证明,人的先进,首先在于思想上先进。

孙中山在《黄花岗烈士事略》序文中说:"是役也,碧血横飞,浩气四塞,草木为之含悲,风云因而变色,全国久蛰之人心,乃大兴奋。……则斯役之价值,直可惊天地、泣鬼神,与武昌革命之役并寿。"

在"为国家,为人民,为社会,为世界来服务,这种替众人来服务的新道德,就是世界上道德的新潮流","黄花岗闽籍十九位烈士成仁,是福建人民的光荣,希闽人完成烈士未竟之志"。

巴金说:"社会的进步是一部殉道的记录,人类进化的每一个时代中都浸透着殉道者的热血。"

革命志士为中华民族伟大复兴抛头颅、洒热血,历史永远不会忘记。烈士,安息吧!一代人有一代人的使命。后来者必将为实现烈士遗愿,踏上新潮流,弘扬新道德,鞠躬尽瘁,奋斗不息,胸怀天下,让我中华更伟大、世界美如画。

林长民、林觉民、林伊民,堂兄弟先后留学日本。血脉同源,而道不同。林觉民、林伊民追随孙中山,以激进方式推进革命;而林长民受日本君主立宪影响较深,试图以改良方式,在中国实现君主立宪。

辛亥革命成功,推翻封建帝制,南京临时政府成立,林长民参与制定《临时约法》,参与起草《中华民国宪法》,宏大的政治抱负,似乎可以由自己来书写。美好愿望,总是被残酷的现实打破。袁世凯镇压二次革命,当选民国首任总统,又历史倒退,复辟帝制，不得人心，一命呜呼。黎元洪任总统，张勋复辟驱逐之，又复任，又被驱逐。冯国璋代总统，徐世昌当选大总统，人称"文治总统"，但也治不了，只好不了了之。军阀曹锟逼宫、夺印，棍子加票子，贿选当了总统。林长民坚持为官原则，不怕棍子，拒绝票子，顶着压力，而曹锟照样选上了总统，因此得罪了曹锟，正直反而惹祸，只能远走，无奈靠卖字度日，心里郁结又能对谁说？即便林长民自己当上了司法总长，与同是政坛"研究系"的财政部长梁启超成掎角之势，主张"依法治国"，虽名盛一时，却也无法力行、事遂人愿。军阀张镇芳拥袁世凯称帝，欲逃避治罪，图特赦，无所不用其极，送巨款，买人情，结人网，进行大围猎，林长民断然拒绝。这个拒之，那个再拒，闭门谢客，拒之又拒，但也无济于事，力不从心，事不由己，只好无奈地摘下乌纱，挂冠扬长而去。以自决解职来图得一番清静，这又是何等的悲凉。林长民很为自己的正气自得，治了一枚闲章，曰"三月司寇"，也只是自己调侃自己而已。举世皆浊，唯我独醒，独醒又能如何！

　　林长民明白，"政治家应该海纳百川，须有容人的雅量，中国前途不可知，尤须联络异己，为沟通将来政治之助"。他具备中西文化涵养，英发之概呈于眉宇，益形其精神之健旺，言语则简括有力，是叱咤风云的倜傥之士，且广结政界名流，怀有改革中国社会的宏伟抱负。章士钊赞其说："善于了解万事万物，一落此君之眼，无不焕然。计事，决不至搔不着痒，言情，尤无趣曲不到，真安琪儿也。"林长民为宪政理想不懈奋斗过，每每自负于政治禀赋，以为必将有一番大的作为。但是，才学再高，用心再多，奋斗再甚，然而抱负付之东流，几乎一事无成。何也？故国官僚腐朽，相互构陷，结党营私，门阀弄权，社会如一盘散沙，谁能聚沙成塔？

政治动荡不安，国之积贫积弱，满腔热血遇到的是冰冷的世界，想施展抱负又遭遇滑铁卢，常常夜不能寐，寐而常梦，梦惊醒又无路可走，苦闷、彷徨、感伤，究竟路在何方，不得不再思考。

形势逼人醒。

列强侵蚀，山河破碎，坐等立宪救亡，单靠军阀士大夫扶国之将倾，已是徒劳，更是幻想。唯有唤起民族意识，激发爱国热情，聚民心民力，强筋健骨，才能图强于内，御敌于外。林长民凭其独特的洞察力，敏锐的政治视觉，围绕列强在华路权，剖析国之权要，撰写《铁路统一问题》雄文，在极具影响的《晨报》连载。林长民提出，"铁路建筑权及其投资，即为势力范围之表征"，而其中"根据条约者，为政治性质之路"，此即"以铁路所及为占据领土之变形""凡此政治性质铁路经过之地，几即为他国领土之延长"。林长民坚决主张废除不平等条约，收回路权。所提统一铁路政策，虽非只为日本而发，而实以日本为主要对象，激起民众对日本及卖国政府的强烈不满，为日后反帝反封建运动营造了舆论氛围。林长民留日，受日本影响颇深，特别是政治影响，但是，一码归一码，在国家民族利益面前，只有唯一选项，不负江山社稷为家国。

1919年春，一战战胜国英、美、法等主导召开"巴黎和会"，中国代表团提出，取消列强在华特权，取消日本损害中国主权的所谓"二十一条"，归还日本从德国手中夺去的山东各项利益等要求。在列强操纵下，战胜国竟然提出把德国在山东的特权全部转让给日本，即所谓的"对德和约"。北洋政府屈服于帝国主义的压力，居然准备在和约上签字。

梁启超在巴黎活动时获此消息，即将信息电告林长民："请警告政府及国民严责各全权，万勿署名，以示决心。"林长民拟外交委员会拒签电稿，亲送大总统徐世昌，提出将电稿传发中国代表团。而内阁总理钱能训另具密电，命令首席代表陆徵祥签约。林长民从国务院电报处一老乡那儿获悉，立即报告外交委员会，同时告知北大校长蔡元培，并通过主持《晨报》编务的福州老乡刘道铿，于5月2日在《晨报》上发表《外交警报敬告国民》。

"呜呼！此非我举国之人所奔走呼号求恢复主权，主张应请德国交还我国，日本无继承德国掠夺所得之权利者耶？我政府、我专使非代表我举国人民之意见，以定议于内、折中于外者耶？今果至此，……则胶州亡矣！山东亡矣！国不国矣！……国无亡日，愿合我四万万众誓死图之！"

林长民将外交失败消息公之于众，蔡元培又告知学生领袖。此举点燃了舆论，激活了青年学子的爱国热情，迅速传递发酵，如核聚变，其影响胜过当今流量的十万百万。徐世昌指着林长民鼻子骂，都是你点阴灯放鬼火。林长民骤然点燃同胞爱国烈火。5月4日，北大学生先起事，联动在京大学生云集天安门，进行大游行，演讲、呐喊，"誓死力争，还我青岛""宁肯玉碎，勿为瓦全"，情绪激昂，继而冲曹宅，痛打驻日公使章宗祥，火烧赵家楼。五四风雷滚滚起，反帝反封建运动彻底爆发，爱国主义运动高高掀起，罢工、罢学、罢市，一浪接一浪，高举民主、科学旗帜，一波胜过一波，从此揭开新民主主义革命序幕。

　　林长民此举，承受之重难以想象，压力山大也罢，五雷轰顶也罢，回避不了，躲闪不了，难以选择，但必须选择面对和接受。他见多识广，摸爬滚打于三教九流，穿梭于政界官阀，十分清楚弱国无外交的铁律，很明白"公理战胜强权"不过是美丽的神话，以他之力，只能联众众之强，激励国民奋力图存，才能为国争得公理，赢得尊严。林长民将个人去留置之度外，再次弃官，并将辞呈登报。"外交委员兼任事务，无事可任。愤之外交之败，发其爱国之愚，前者曾经发布论文，有山东亡矣、国不国矣、愿合四万万众誓死图之等语，激励国民奋力图存。天经地义，不自知其非也……若谓职任外交委员便应结舌于外交失败之下，此何说也？"

　　"万种风情无地着"。林长民禀赋过人，才学了得，组政党、当议员、任众议院秘书长、办大学、搞外交、起草宪法、主张法治，在政坛上努力过、奋斗过，也能激起浪花，引起一些关注，得到某些肯定和赞许，如其父病逝，袁世凯送大礼慰问。林长民原主张"偏于缓进"，但无解，难有作为，政治生活尝够了，也厌烦了，只好变得"勇往迈进"。

奋力自强，人生自然灿烂。不识时务的非常之举，对个人来说，尽管失败了，失意了，不得志了，但对国家民族有利，能推动社会发展，仍不失为英雄。也因此，引爆五四风雷的林长民，其政治生涯从此也焕然一新，一生事业达到最光彩的顶点。

但不管怎么说，受挫了，总会心潮起伏，澎湃之后陷于低潮，直至消极。

林长民弃官了，情绪很是消极过一阵，只好带着宝贝女儿林徽因旅游欧洲。林长民视林徽因如掌上明珠，总想让她更靓丽，更灿烂，多给予精神富养，开阔其胸襟，培养其格局气场。为让林徽因了解其良苦用心，特写信曰："我此次远游携汝同行，第一要汝多观察诸国事物增长见识。第二要汝近我身边，方能领悟我的胸次怀抱。第三要汝暂时离去家庭繁琐生活，俾得扩大眼光，养成将来改良社会的见解与能力。"确实是，不负所望，旅欧前人们常说"林长民的女儿林徽因"，旅欧后世人称"林徽因的父亲林长民"。林长民人生的另一大贡献，就是成就了一代才女林徽因。人生犹如四月天，雨多，晴少，山青绿，花吐芳。

五四运动，高举民主、科学旗帜，弘扬爱国主义，彻底反了帝国主义，反了封建主义，无产阶级开始登上政治舞台，传播马克思主义，推动思想解放，开启了新民主主义革命。对思想文化、政治方向、社会潮流、国民教育，党的建立和发展，影响深远。作为五四运动"点火者"的林长民，功过由历史、人民来评说，而据说由他建议改建的"新华门"，永远矗立在长安街，与他的女儿林徽因参加设计的国徽和人民英雄纪念碑一起，永远闪着亮光，让人民敬仰。

刘崇佑与林长民一样，留日攻读法政，人称"双榜举人"，与林长民联合创办私立福建法政专门学校（福建师范大学前身之一），倾向民主革命。本热心政治，然而时政是黑洞，找不到方向，在黑暗中难以成事，只好逃脱。刘崇佑是明眼人，心中始终装着良心秤、正义尺、道德律，以此权衡世事，研判是非，通透明了。看到国是日非，痛心北洋政府腐败无能，毅然辞去议员，退出政界，专任律师，立志"律师应仗人间义"，满心正义，嫉恶如仇，不畏权势，敢于斗争，在京城声名鹊起，享有"民国第一律师"美誉。

五四运动兴起，潮流滚滚向前，然暗波起伏汹涌，随时可打翻人。安福系政客心有不甘，收买四十余位意志薄弱的学生，召开秘密会议，企图阻止蔡元培回北大任职。五四运动意志坚定者，鲁士毅等二百余人，闻讯怒由心起，群情激愤，围冲会场，质问的声浪如冲击波，一波胜过一波，要为首者交代阴谋，并让签具结悔过书。当局正欲报复五四以来爱国者之仇，机会难得，小题大做，借题发挥，阴谋陷害纯洁无瑕学生，控告"拘禁同学，严刑拷讯""欲连及五四事件，以兴大狱而残士类"，刑一而正百。因此，社会愤慨，舆论沸腾。

军阀掌权，欲加之罪，想从中解套，那需要何等勇气，何等智慧，做何等功课。刘崇佑一身正气，不怕险滩恶浪，自愿、义务为鲁士毅等学生出庭辩护。接活了，就全身心忙活，功在诗外求，享公平要做细工作。庭前，认真准备，掌握实情，多番会见，教学生如何应对。庭审，敢于直言，敢于识破阴谋，揭穿黑恶，争取得到应有的公正。他善于抗辩，运用动之以情之策略，精彩辩护，使人入情，令人感叹。刘崇佑言之国器，论之公理，晓之人情，引人入境。他说，国家设刑，在于排除恶性，而非用于应付教育之权柄。莘莘学子，学校培育之有年，纵使气质未尽精醇，也应善心处之，使其身心安然沉浸学术，尽其智能，以资世用，岂非甚善？若有不是，不是挽而救之，而是一再波及，使其沦没于浑流之中，那有何益？学生方自以为保我读书之地，无任外界侵犯，是乃天职，"而不知所谓国法者即将俟隙而随其后"。一被告庭上叹息说："莫名其妙，不自知所犯为何罪。"刘崇佑"时时请堂上注意，谓彼十余龄之小子，实在极可同情"。此景成为记者"恻恻不忘者"新闻眼。刘崇佑最后辩说："此辈青年不幸而为中华民国之学生，致欲安分求学而不得，言之实可痛心。"青年不幸被加罪，更不幸生于民国，又不幸求学而不得，似重磅炸弹，令法庭上下震动，满堂唏嘘。被告号哭之声不止，众人为之泪下，记者呜咽不已，公诉官脸有难色，整个法庭成了悲剧之台。当时冰心在庭旁听，描写当时场景："到那沉痛精彩的地方，有一被告，痛哭失声，全堂坠泪，我也为之感动。"本来是对学生的审判，当局挥公器欲复仇，却转变为对当局的控诉和不满，学生博取广泛同情。有此转化，无他，只凭刘崇佑之功夫。最后，法庭认定，学生"尚属道德上责备之意"，不构成犯罪。因此，刘崇佑深得师生赞誉，赠以大银杯存念。

1920年1月，天津学生联合会发现奸商私吞日货，勾结日本浪人，肆意殴打倡导抵制日货的学生，引起公愤。学生请愿，当局非但不惩办，反而毒打学生，并悍然查封天津学联。1月29日，学联执行科长周恩来，策划领导，举行大规模请愿活动，20多所学校的数千名学生前往直隶公署请愿，强烈抗议暴行。省长曹锐以病为借口，不出门接见学生。经抗争，同意见学生代表。学生推荐的周恩来等4位代表，一走进公署大门，就立即被逮捕，随之军警冲击、殴打请愿学生，以致重伤50余人，酿成"廿九"惨案。

强权对学子，如之奈何？当局不审不问，长期羁押学生，似乎吃定了，没人敢碰。刘崇佑行爱国好义之心，对学生怀以深切同情，自愿出庭，义务辩护，多次临看守所会见，帮助、指导学生应诉。同时，多方了解案情，全面搜集证据。他认为，这场官司不能输，一则关系学生前途命运，若不让他们堂堂正正走出监狱，岂不让莘莘学子寒心；二则小日本欺凌我中华，青年挺身而出，而使他们蒙冤，岂不灭国人威风，长倭奴志气，岂不亲痛仇快。此案关注度高，影响巨大，旁听众多，法庭水泄不通。周恩来首先列举事实，揭露当局罪恶行径。刘崇佑雄心抗辩，以毕生之精神，满腹之经纶，力挽狂澜。刘崇佑陈述说，本案系"事出公意，利在国家"，"由于力争外交，抵制日货而起。此项心理，此项举动，实吾全国人民所同具，而民族自卫之天职也。……言法言情，犹将谅而宥之"。

先声夺人，以为国、为公大道，赢得主动。接着，针锋相对，逐条反驳，言之凿凿，法理煌煌。刘崇佑严正指出，"爱国救国本是合乎公理民意之壮举，根本说不上触犯刑律""如果政府认为触犯了小日本的刑律，那我们就不得而知了！"一言既出，语惊四座，弄得法官张口结舌，旁听群众哄堂大笑。再者，戳其要害，不依不饶，乘胜追击。"军警奉命肆残，遂以人民之血肉，为锋镝之的，见人就捕，不问是非，而收诸警厅之中半年之久，幽系不顾。试问法律何条，官厅乃具此权力，人民乃受此凌践？官吏不法，则视为当然；平民无辜，乃供其泄愤！"此番言论，铿锵有力，荡气回肠，酣畅淋漓，掷地有声，剑拔弩张，矛头直指当局官员，冲击力、杀伤力何等强烈，何等气势。当局欲加之罪，不攻自破，终以罚款释放。刘崇佑凭借其深厚的法律功底和高超的辩护艺术，赢得此案，轰动一时，令人敬仰，天津学联以景泰蓝大花瓶为谢。

这场官司中，刘崇佑发现周恩来等青年思想进步，是不可多得之才，爱才之心油然而生，以国内政治环境险恶为由，建议他们出国深造。周恩来、郭隆真等赴法勤工俭学，刘崇佑又赠银资助成行，留学期间，让夫人每月汇款，提供生活费用，直至他们获取助学金，来信恳请不再资助才罢了。

刘崇佑以其风骨、才气、智慧办了大量重案、名案，把个人利益置之度外，以民心克强权，以法理纠歪论，以人格镇朝野，以正压邪，战无不胜。《国民公报》被查封起诉，对抗军阀政府胜算几何？刘崇佑知难而进，毅然出庭辩护，终获无罪。北大教授马叙伦发起"索薪运动"，遭到起诉，他自愿辩护，赢得胜诉，因此博得一向傲岸不羁的马叙伦敬佩和感激。民主进步人士主张组成抗日民族统一战线，要求国民党停止剿共。南京民国政府以"危害民国罪"将沈钧儒、章乃器、邹韬奋、史良、李公朴、王造时、沙千里等七名著名抗日民主人士逮捕囚禁，史称"七君子事件"。刘崇佑顺乎天理民意，为民族大义计，为进步人士争自由，义愤填膺，不顾年高体弱，任首席辩护人，出庭抗辩，慷慨陈词，有力反驳反动政府强加给救国会领袖罪名，为世人所钦。

　　为私而名，难留名。为公得名，名长存。牟私利，利难久。积大善，庆家人。刘崇佑病逝，周恩来获悉，感叹说："刘崇佑先生是中国一位有正义感的大律师。"新中国成立后，周恩来总理委托时任上海市市长陈毅关照刘崇佑夫人廖孟同及亲属，并专程看望。周总理还多次派人将外宾送给自己的糯米转送廖孟同老人，以表敬重之心。老人过世，周总理专门拍唁电哀悼。

七 守望宝岛

　　台湾与大陆一水之隔，三坊七巷出闽江连大海，与台湾有着特殊的渊源，地缘近、史缘久、血缘亲、商缘深，特别是具家国情怀的人才众多，不畏波涛险阻，抵御侵略，保境安民，为保卫、开发、建设台湾，维护祖国统一做出特别的贡献。

　　台湾孤悬海外，清廷收抚郑氏政权不久，鞭长莫及，控制不力，是易生乱萌之区，如俗谚所说的"三年一小乱，五年一大乱"，社会长期动荡不安，且西方殖民者不甘心失败，仍对宝岛虎视眈眈，怀有觊觎之心，常兴风作浪。

　　安邦定国需要英雄，英雄永远与江山同在。

　　何勉保卫台湾有功，连升三级，系三坊七巷第一人。何勉家贫，无力科举，入伍从军，靠智勇双全，能征善战，不断升迁。乾隆年间，何勉任台湾镇总兵，捐出历年薪酬结余，建起台湾第一个正规的营盘城，台湾从此有了铁打的营盘。随后建总镇署衙门，历任总兵在原规模上建"三致堂""益求堂""钟烟堂""雨堂""芝兰堂"等，形成了赫赫有名的台湾"总爷街"。

何勉先后戍台七年，敢为善作，亲民爱民，屡立战功。台凤山奸民朱一贵作乱，聚党数十万，陷府杀官，纵横抢劫，乱源如潮涌，一波胜一波，此起彼伏，全台沦陷，祸害甚烈。何勉从提督施世骠出征平乱，先攻南路擒盗首，再入北路捕匪帮，又进山区，遣降卒为导，深入虎穴，率众入其寮，擒其王，焚其堡，奋战多艰，战功凸显。南粤总兵蓝廷珍会师施世骠，何勉奉命广差侦探，四处密访，多方合围，上下堵截搜捕，横扫贼穴，迅速除其残余贼党王忠等，乱平，官民共颂。台湾水沙连社番头目骨宗等为非作歹，残害百姓，何勉以智取胜，生擒骨宗父子，"全台已安"，百姓称快。除害立功德，功德厚，天不负。为此，清廷特予超擢，升升升，直至台湾北路营参将。雍正帝御批："将何勉如此奖励，甚为得当。"

台湾灾情严重，何勉变卖家产，捐谷千石，以赈饥荒，视百姓如亲人，深得百姓爱戴。

《彰化县志》记载："父子两人皆任台湾镇总兵，惟此一对。"爱出爱返，福来福往，何思和承其父何勉之德继续为台湾造福。

被誉为平定、治理、开发台湾有功的"蓝氏三杰"蓝理、蓝廷珍、蓝鼎元，其中蓝鼎元曾居住三坊七巷。蓝鼎元随族兄南澳水师总兵蓝廷珍入台平乱，参军事，出谋略，招降人，殄遗孽，抚流民，绥番社，言治台之策。特别是花心思，探乱源，全面考察台湾经济、社会、政治、军事的状况和地理、风俗、信仰、教化等方面情况，研究台湾经济社会问题，以学者之严谨，最早提出对台湾进行综合治理，促进台湾走向"文治"社会的具体措施，即"十九事"：信赏罚，惩讼师，除草窃，治客民，禁恶俗，儆吏胥，革规例，崇节俭，正婚嫁，兴学校，修武备，严守御，教树畜，宽租赋，行垦田，复官庄，恤澎民，抚土番，招生番。这些，一直是后来台湾官员的治台依据。

清廷原在台湾行政建制一府三县，都集中于西部

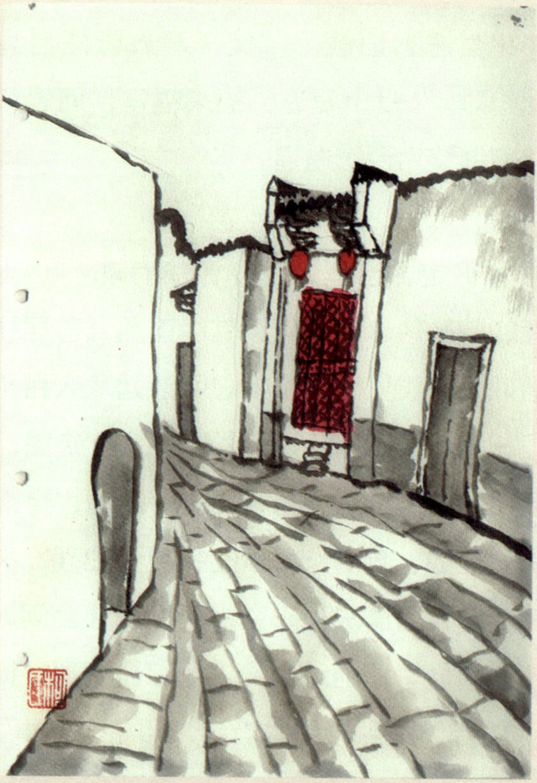

和南部。康熙末年，闽粤移民大量迁台，大辟北部、中部山区土地，开荒拓土忙，秩序无人管，治权出现了空档。土番居住的广大山区，汉番往来日多，有重臣以山地土番难治为由，将山区列为"弃土"。蓝鼎元深知台湾地理之要，认为地不可无人经营，疆理则为户口贡赋之区，废置空虚，则为盗贼祸乱之所，不可不绸缪。海外反侧地，非树威不足弹压。且台湾海外天险，较大陆更不可缓，提出增设县制设想，北部另置一县彰化，淡水地势重要，人口日增，置淡水厅。升澎湖通判为海防同知，添兵分戍，但不可将台湾总兵移驻澎湖，反对弃台。重兵驻澎湖，犹如手执牛尾，难牵制管控全牛。台若被弃，漳、泉首受其害，闽、浙、广也寝食难安，弃之，则贻误海疆大事。蓝鼎元特别强调山地之重，"台湾山高土肥，最利垦辟，利之所在，人所必趋。不归之民，则归之番与贼。即使内乱不生，寇自外来，将有日本、荷兰之患，不可不早为措置"。蓝鼎元的建议多被朝廷采纳，相关设想也一一得以实现。

移民多，开荒辟地多，纠纷多，矛盾多，社会治理难。时有"划沿山之界，禁出入"之策。蓝鼎元认为，此为因噎废食。移民良莠不齐乃正常，但不能因有盗匪而禁入良民，如开窗有虫飞入就紧闭门户，只要施教得当，引领得法，让移民广开垦、勤种地，地尽其利，百姓齐其心，鸡鸣犬吠相闻，即使有盗贼，也没有藏身之所。且流移开垦土番不能至之地，也将变良田美宅，种植糠谷所得好处冠天下，万万不能加以抑制。对海盗、土匪，可采取兵农结合，无事则散之垄田，有役则修我戈矛，乡自为守，人自为兵，此系"万全之道"。

清廷禁止移民携眷入台。蓝鼎元深察民心民意，了解掌握到，此举造成了男多女少，青壮年成家难，影响人的发展，影响社会生机活力，也会成为社会之乱源。后果严重，不得不改变，且必须及时改变，蓝鼎元积极建议，"欲赴台耕种者必带有眷口，方许给照载渡，编甲安插"，朝廷予以采纳，实行凭照携眷入台政策。

蓝鼎元勤学负才，官有惠政，尤善治狱，听断如神，治绩斐然，深受百姓爱戴。清王朝对蓝鼎元信任有加，雍正帝特旨召见，并御赐诗文、珍贵物品。雍正帝还命他传旨给蓝廷珍，务必宽严互济，深知将弁兵丁，休戚相关，有一体之宜，自然应亲厚爱惜，当严时便严，当宽时便宽，总要性情平和才好。清高宗乾隆下手谕："朕披阅蓝鼎元所著《东征集》，其言大有可采……"

蓝鼎元一生出入军府，筹划军机，处理政务，尝论台湾善后策，提出诸多治台良策，被誉为"筹台之宗匠"。著书立说，著作等身，参加编修《大清一统志》，撰写《平台纪略》等。台湾史家连横说："鼎元著书多关台事，其后宦台者多取资焉。"台事费了多少故人心，今人更不可掉以轻心，每一寸土地，必倾注全民之心力。

甘国宝，生逢康乾盛世，但遇多事之秋，一生转战南北十个省，屡立战功，朝廷加官晋爵，民间最有故事。无论闽剧、评话，还是故事、传说，无论说其身世贵贱，还是讲其仕途起伏，都描绘得有血有肉、有情有义，谁见谁欢喜，皆走心，给人以启迪。传其母梦虎而怀胎，得虎子，喜拳棍，武艺出众，箭法超群，越墙化虎。现实中也确为虎将，雍正年间中武进士，一生转战南北，逢战必赢，深得乾隆赏识，系其心腹栋梁。戏说他少顽不进、放荡不羁，被表姐王莲莲轻慢、看低，待功成名就，更懂得贫贱的滋味，更奋力除霸安良、为民请命。历史之甘国宝，文武双全，忠义具备，文采书画俱佳，雅文好墨，常以指墨画虎，其"指虎"形态各异，走虎、伏虎、卧虎、蹲虎、上山虎、下山虎，传其威骛之神，彰显秉性威武。乾隆帝诏谕："此系第一要地，不同他处，非才干优良、见识明彻者不能胜任。"两度授甘国宝台湾挂印总兵。

甘国宝首次调任台湾总兵，严守海疆，巩固海防，防备海盗侵犯，维护海岛安宁。同时，深入民间，熟悉风土民情，使"兵安其伍，民安其业"，巩固清廷对台湾的统治。为提高官兵素养，于府城总镇署亲书"益求堂"，整其军，教其兵，肃军纪，惕厉士卒，队伍所过之处，不惊动市井，不扰乱民众，秋毫无犯。军心正，民心稳，农学商各有其序，社会和谐发展。开办"义学"，教民"明礼法，务耕耘"，倡导礼仪，鼓励耕种，传播大陆先进文化和农耕文明技术，以提高台湾居民文化素养和科学技术水平。时值移民高潮，汉人涌入垦荒，番汉错处，犯界争田，抢地夺山，纷争频发，每至杀人。他明白异族共处之道，采取"严疆界，谨斥堠"之策略，令立界，分疆而治，建土堡瞭望，限禁汉人入侵生番地盘，促进迁台居民与土著民众团结和睦。一社民杀一家九口，嫁祸土番，引族群仇愤。甘国宝布服敝屣，明察暗访，睁目轻行，搜索蛛丝马迹，辨明案情，锁定目标，如虎扑食，一跃制敌，将真凶绳之以法，化解族群矛盾。

甘国宝因功提任福建水师提督，告诫幕僚，"防陆者，不可处于家；防海者，不可处于陆"。他常坐楼船、率小艇，勤巡海域，风涛不避，以山海为家，枕岛卧海，保卫海疆安宁。

甘国宝军功卓著，谕旨加级，复调台湾总兵。台湾民众复见好官，箪食壶浆，夹道欢迎，如迎神接圣。他不负民望，顶天立地，为民遮风挡雨，身正不怕影斜，敢于亮剑，擒魔王，净乾坤。时台湾六斗门盗匪董六为患猖獗，奸淫抢劫，危害乡民。甘国宝坐镇指挥，督捕匪首董六。细分析匪徒部落渊源，明察其行踪，入其巢穴，知匪帮多数非出本意，或因生活所迫，或受匪首威胁，因此采取剿抚并举之策。一方面，广布线民，以亲、以情、以理攻其心，鼓励自首，分化瓦解；另一方面，公布匪徒信息，重赏检举者，使匪徒四面楚歌，无路可走。很快，肃清了六斗门之乱，积年祸患得以铲除，使民安居乐业。甘国宝或徒步、或骑行、或乘舟，有时独行，有时带个把随从，深入乡野，登岛屿、察暗礁、观潮汐，了解风向水流，掌握台湾气象人文。为太平，图长治久安，组织乡绅守望相助，自卫自保，建立总巡、分巡、轮巡、会哨等巡查自卫制度，防范匪盗侵害，使台湾"盗敛迹，民居无警，兵民安揖"，确保海防安全、海寇绝迹，渔船商船畅通无阻。他关心民瘼，关注民生，心系百姓疾苦，除暴安民，使台湾社会一度安定，广受拥护爱戴。

甘国宝提任广东提督，台湾民众送万民伞、万民旗，扶老携幼，如潮涌汇聚码头，场面宏大，深情难舍，有的颂其功，有的暗自叹息，有的甚至同舟送行。甘国宝饱含热泪，目不移视，久久望着宝岛，依依不舍看着岸上民众。此情此景，似乎风不动，水不流，人定格，船静止不前。因年事高，体虚弱，他自谦难负朝廷重托，欲弃权辞官，乾隆帝认为，"体尚虽健，正堪倚重"。不争权，反而委以重权，似乎是铁律。他戎马倥偬几十年，"廪无余粟，库无盈财"，交待子孙，"居官廉慎，尽心报国，勿坠家声"。这或许是铁律的因缘。台湾百姓念其政德，将其祀于忠烈祠中，永远怀念。关于甘国宝的民间佳话、传说，还在永续流传。

七 守望宝岛

武治台湾，那是基本功。没跨过海峡，未登台岛，靠一支笔，一张嘴，在治台中立功业，那是非常之功。三坊七巷的郑光策，既可授业，培养栋梁之材，又可解惑，治理社会病症，治台湾乱政有其非常之功。

郑光策，敦品行，粹于学，喜读经世有用之书，对典籍"靡不贯串，如数家珍"。他既埋首典籍，又问世事，认为"观古之有志于用世者，其成大功、建大名，不独学问过人，其坚忍强毅之气，亦必十倍于庸众"，尝谓"古圣贤之学，大抵先求诸身。既修诸身，即推以济于世，随其大小浅深，要必由己以及人"。济世，当修身，强志气、骨气。修身，当济世，人在事中磨。圣人是肯做工夫的庸人，庸人是不肯做工夫的"圣人"。

郑光策，志高，才巨，崇尚济世修身，不善随风摇摆，脊梁直，不肯弯腰，因此得罪了和珅。

据说，乾隆下江南，在杭州召集江南才子面试，监试者为乾隆宠臣、被封为一等男爵的和珅。如日中天的和珅不可一世，竟"于御座下脚几坐收试卷"，在御座下最低层脚踏板坐着收卷，不起身、一动不动。纳卷者必屈膝，敬呈卷子几乎是跪着行礼，头快

133

碰到其脚。郑光策认为侮辱斯文,极为愤慨,侧目而视,故作拱手行礼而退。大丈夫岂因功名而折腰,洒脱返回乡里。和珅扫了颜面,含恨在心,将考卷束之高阁,不予审阅。得罪权贵,也不想委曲求全,回乡后,郑光策益发肆力于学问,却不愿意出仕为官,"如敦迫不已,宁就教职""尚得读且养也"。

郑光策致力于经史教学,掌教鳌峰书院等,力求改变"所用者非所习,所习者非所用"之弊,提倡"经邦济世"之学,主张"立纲纪、明法度""重内治而略远图,开诚以任贤,知人而善使"。他"诲人宗旨以立志为主""勤于训迪,严而有法",既读有字之书,又读无字之书,注重实际行为、事功实绩,放眼山野,试水河海,考验胸襟,而不仅仅埋首案上,皓首穷经以考证训诂为能事。相传,一次他带学生远足鼓山,让学生作嵌有"山""海"二字的对联,林则徐迅即应对"海到无边天作岸,山登绝顶我为峰",可见林则徐之心胸气度。郑光策对开启经世致用之风,确有筚路蓝缕之功。他桃李满天下,林则徐、梁章钜等深受其影响,为江山社稷立功业。

郑光策经世致用之思想早已名声在外,可谓能解决问题的学问家,济世之能臣。

世道如人，病了，就得求医。病重了，就需要名医。治病，先治心。世乱，治世之名医更显重要。

乾隆年间，台湾实行"垦佃制"，凭"垦照"开垦土地，使富豪和官僚拥有更多的土地使用权，成了"垦首"或"垦户"，难以获得土地使用权被雇佣的移民，做了"佃户"或"佃丁"。因承"永佃制"，许多移民得不到雇佣，成了流民"罗汉脚"。

乾隆末年，台湾政治腐败，不仅未能解决土地问题，而且苛捐杂税如虎狼，引发闽粤移民、汉番矛盾加剧，宗族地域纠纷不断，械斗频繁，加之各种组织勾连蛊惑，爆发了最为猛烈的林爽文起义。

林爽文起义呈燎原之势，试图颠覆台湾府治，让乾隆帝始料未及。清廷首次派兵数千，三路合围，战无功，收效甚微，围剿反围剿，相持达一年之久，惊动朝野。又从浙江、广东调兵万余人，仍未达成效，令乾隆帝震怒。乾隆帝急召大学士福康安，派其亲率大军镇压。福康安问计郑光策，询以台湾之乱故。郑光策满心情怀，总想济世报国，有人请其把脉，恨不得把全身心本领都倾囊而出，他对曰："守土好侈，民生日削，为乱之阶。夫台湾固殷富之地，然官贪则民贫，民贫则乱作，固自然之势也。"郑光策名家诊断，一针见血，找出病原，滔滔不绝条陈医治之策，开出了治疗良方。福康安就方取药，向朝廷上策"十六事"，主药有清吏治、习戎备、除奸民、戒乱杀、速邮政等，恩威并施，避免经济社会大破坏。福康安依略而行，采取声东击西战术，先派轻兵佯攻敌之弱处，后调集重兵攻敌之要处，形成合围之势，随之"抚兼施""特赦其从逆之罪，广示招抚"，予以分化瓦解。药到病除，林爽文之乱很快平息。翌年，福建巡抚徐嗣曾赴台处理林爽文之乱的善后事宜，郑光策又进言陈策，提出改革吏治"设官庄""举吏职""善择守令"等办法，"议定章程、议散义勇、议增兵额、议兴屯田、议缓城工、议严盗课、议设官庄、议举吏职"等八策均得到采纳，并付诸实施。福康安、徐嗣曾邀请郑光策渡海入台，平乱治乱。郑光策绝意仕途，"日以授徒养母为事"，婉言谢绝。郑光策独善其身，明理体道，精进文字，崇尚文以载道，为新儒学而尽心力。

乾隆帝将"平台民变"列为"十全武功"之一。林爽文之乱，诸罗城被围攻十月不倒，乾隆帝下诏御奖军民"嘉其死守城池之忠义"，将"诸罗"改为"嘉义"。"嘉义"成了台湾治乱的历史功名。

七 守望宝岛

台湾台湾，多内忧，常外患。台湾远离大陆，清廷行政管制力弱，随着移民增多，土著、汉人生活交集加剧，习俗差异凸显，资源竞争成常态，生产矛盾频发，内乱不断。且鸦片战争之后，西方列强侵略中华野心渐大，特别是日本对台湾宝岛更是虎视眈眈，以种种理由犯我台湾。守我宝岛，需要英雄汉。

沈葆桢任第一任船政总理大臣，建起了第一座造船厂，装备了第一支海军舰队。干得正红火的时候，日寇犯台。谁可抗日寇、镇台湾？朝廷环顾四周，唯有沈葆桢。正如左宗棠所言："能久于其事，然后一气贯注，众志定而成功可期，亦研求深而事理愈熟悉。此唯沈公而已。"

1874 年，日本以琉球船民遇风漂至台湾南部牡丹社，被台湾番民杀害（史称"牡丹社事件"）为借口，悍然出兵侵略台湾，以龟山为中心，建立都督府。国家主权，神圣不可侵犯。沈葆桢临危受命钦差大臣，督办台湾事务。赴台当天，与一批大臣联名上奏《筹台湾防务大概情形折》，揭露日本"开疆拓土"的侵略野心。台湾战略地位显要，日本对外扩张野心勃勃，"东洋终须一战"，"铁甲船不可不办，倭人万不可轻视"，"多造一船，即愈精一船之功，海防多得一船,即多收一船之效"。可以看出,沈葆桢高瞻远瞩,对日警惕极具前瞻性,比有些重臣把铁甲船视为"不急之物"、中日关系能维持的看法,何止高出一筹。

经历船政波涛,常与洋人过招,透视西洋伎俩,沈葆桢更强烈地感知西方列强"强权即真理"的逻辑,即令各口岸轮船返回马尾军港,迅速携船政学子们跨海赴台,分乘"飞云"舰、"安澜"舰、"伏波"舰,迎恶风破狂浪,会同此前驻台的"扬武"舰等,组成舰队,处临战状态,造成声势。且增运淮军入台协防,舰只和兵员超侵台日寇,并搜集情报,针对敌情加强演习,形成强威慑。同时,沈葆桢深知,民心可用,渔民"衽席风涛""当事能拊循而激励之,足以敌忾"。沈葆桢胸有正气,手有兵舰,脚托民力,底气足,话语重,敢于与日本人交涉,唇枪舌剑,驳斥日方台番地无有效统治的所谓"外化之地"之邪说。军事充分准备,民心群情对敌,治权据理力争,外交不懈斗争,迫使日本只能无耻地要了些银两而全部撤军。

来台想战而未得战,不动枪炮未灭敌,心有不甘。逼退日寇,绝非一劳永逸。敌野心不死,海防一日不松。

沈葆桢放开眼，迈开步，巡海疆，上岛屿，渡沙滩，在海边险要地走了多个来回。"台地千余里，竟然无一炮"，营地设防"重在弭内患，无足于御外侮"，海岸线无一可泊船，憾叹"守之极难"，且班兵全不可用，团练可助胜而不足救败，生番毫无伎俩，简直是个不设防的岛屿。

沈葆桢率严复等学生将所勘探到的海防情形和风土人情详尽绘图，历史性地界定台湾海岸版图。认为台湾系"东南数省之藩篱"，战略地位极为重要，台湾海防有备，中国大陆海防可以无忧，台受威胁，国防全局震动，国欲固海防，必筹台防。同时，台湾海防必倚重大陆、福建，实行"闽台联防"，实施内外兼防措施：改革行政设置划分，开山抚番，加强军事实力。这样，治权海权并进，才能防得住，防得稳。

手握猎枪，胆壮，气盛，豺狼不敢来犯。沈葆桢抓紧建码头城防，筑炮台，防外患。他先在日寇登陆的台南琅峤（现屏东县恒春镇）建设炮台城防，亲临琅峤谋定城建方案，亲定"恒春"这个颇具意义的名字。他开建台湾第一座西式台南"安平炮台"，设大炮5尊，小炮6尊，整个炮台可容纳15000人。他亲自书写"中流砥柱""亿载金城",雕刻在大炮台城门内、外额上。从此不断增建炮台,调兵驻守、全岛布防。依托大陆,构筑闽台联防通道。他提出两岸信息常通"断不可无电线",率先在船政办电报学堂培养电报人才,在台湾淡水至福州闽江口川石岛间铺设中国第一条海峡海底电缆,使其成为台湾走向现代文明的"脐带"。他重设防,同时坚持理谕、开禁的原则,坚持"动"防,而非"死"防,非"围铁桶"、搞封闭,防外患是为了更好地治理台湾、开发台湾、发展台湾。

沈葆桢治理、开发台湾,立足于台湾政治、经济、军事、文化等方面的系统工程,着眼于海防战略地位,注重于两岸联系交流,以实现清廷对台湾的有效管控。

有效治理,必需科学的行政设置。治之不力,海权也难控。台湾府治原设台南,台北治权空虚,不适应开发、发展。知之最深,谋之最力,行之最速。沈葆桢明白经营台湾关系海防大局,上奏"台北拟建一府三县折",因地制宜,择要地另设"台北府",置淡水、新竹、宜兰县,以便控驭,以固地方,达到外防内治同发力。还奏请福建巡抚驻台,春冬驻台,夏秋回省，为台湾建省打下坚实基础。后日寇吞并琉球，设冲绳县，台湾安全再受威胁。清政府更加清醒地认识到海疆危机，海防空虚，急起补救，1885年设台湾省，谕令"闽局轮船先行练成一军"。沈葆桢随即成立福建船政水师，进一步巩固了海防。沈葆桢是近代台湾海防思想的奠基人和实践者，为保台御敌作出特殊贡献。

有效治理，必需先进的理念。沈葆桢悉心谋划，深谋远虑，切合实际提出开禁、开府、开路、开矿一系列新举措，并付诸实施。开禁，他主张"将一切旧禁尽与开豁"，实行大开放。大力师夷，引进英国机器，由船政学生建设中国第一座机械采煤的现代矿井"清国井"，筑牢台湾经济基石。路通，人心通，经济通，海防通，一通百通，人和政通。沈葆桢派福建水师十九个营官兵，分三路开山，驻扎山地，步步为营，开山不止，广筑路，引导山民开发山林、开荒拓地，以此改变山区交通闭塞的状况，打消山区沿海隔阂，打开汉番隔绝，以通促融，促进族群间友好交往，台湾政治、经济、军事、文化面貌为之一新。

坚持开山抚番并举，因抚寓剿，沈葆桢常说"开山不先抚番，则开山无从下手；欲抚番而不先开山，则抚番仍属空谈",万事万物,皆联系而生发。做一事,并非就事论事,功成一事,须想百事千事。开山,是一个系统工程,非单纯挖山垦荒种地,如同现在打隧道,在开打之前必须准备好水、电、车、钻、水泥、钢筋、管道、支架,以及渣土堆放、后续管理等等。沈葆桢主开山,谋之细、思之周、想之全,令人叹服。像他布置了屯兵、砍树、烧山、引水、划地、招垦、给牛、设隘、置工商、设官吏、建城郭、设邮役、置廨署等,不仅供开山之需,而且把开山后的地方建设、社会管理、经济发展都一起规划,同步并联实施。抚番更是筹划详之又详,入情入理,像选土目、查番户、定番业、通语言、禁仇杀、教耕稼、修道途、给茶盐、易冠服、设番学、变风俗等,以人为本,扣人心,讲人情,通人性,修人缘,增人知,注重人的发展,实现和谐安番定邦。

坚持开禁与招垦并举。清廷固守大陆,严禁大陆人偷渡入台,严禁台民私入番区。沈葆桢审时度势,以开放的思维,奏请解除禁令。随之,福建沿海人力、物力、技术,源源不断流向台湾,这是自郑成功收复台湾之后第二次大规模迁移,让台湾经济社会又一次飞跃。

开禁，让移民来开发台湾、让生番来打开门户；招垦，让移民和生番同开一片山、同耕一块地。沈葆桢在厦门、汕头等地设招垦局，招来大量开垦的壮丁，由此产生"垦丁"一族。他亲自率领大小官兵进入山区，宣传"编户口，禁仇杀，立总目，垦番地，设番塾"，引领生番学习文化，促进土著打开视野，走出土围墙，打破番界封锁，改变生番与世隔绝的生存状态，使"汉番隔离"成为历史，促进族群往来，终结消极治台政策，提高发展水平。

　　开禁与招垦并举，加强了与大陆自由通商、通航，推进了台湾东北部山区的开发开放，促进台湾政治经济中心北迁。这样，台湾政治更加务实，治权海权更加稳固，人口更加集聚，经济文化往来更加频繁，开启了台湾近代化倡导之路。可以说，台湾近代化进程，自沈葆桢始。

　　沈葆桢治台仅有 380 余天，对台之功无以用数字计量，即便离任，仍不忘绘制《番俗图》和《台湾全图》，献给朝廷。1877 年中秋，时任两江总督、南洋大臣沈葆桢，给远在福州马尾担任船政提调的妹夫吴仲翔写信。千里修书不为家，为的是牵挂不下的台湾和海军。希望妹夫委婉催促船政大臣吴赞诚，尽快派船舰将上海吴淞铁路轨道运往台湾铺设,开创台湾铁路事业;还交代要抚恤十三营淮军在防卫、开发台湾中献身的军人家属等。不在其位,仍用心不止,为台湾谋宏图,此家国情怀之深,可世代功表。

台湾史家连横言:"析疆增吏,开山抚番,以立富强之基,沈葆桢缔造之功,顾不伟欤。"

沈葆桢为郑成功和保卫台湾的忠烈之士建祠祭祀。2009年,台北市政大厅起名"沈葆桢厅",悬挂他书写的《礼运大同篇》以及相关生平事迹。沈葆桢不忘保卫台湾的忠烈之先驱,历史永远铭记沈葆桢之功、祭祀沈葆桢之人。不忘先进先辈,后辈也不会忘之!

"冰渊晚节期无忝,桑海余生会有涯。"这是人们对陈宝琛的盖棺定论。

"贸然从事,恐怕是去时容易,回时难啊!""本意冲天为一飞,轻身如入白登围。直成大错谁实铸,迷途未远应觉非……"陈宝琛作为溥仪的老师,紧随溥仪身边20多年,忠君是本分,一心践行"正统思想"维系的君臣之义,以君为中心,心紧贴着君,忧君、爱君、护君,不离不弃,全心呵护,也因此,他无法逃出人生桎梏、人的朴素情感。但是，他并非一味愚忠，而是挣脱"君令臣死，臣不得不死"的奴仆心态，敢于谏言，大胆揭短，坚决抗争，说心里话，讲真话、讲实话，坚决不说假话，勇于亮剑兜底线，向溥仪疾呼"民族是不能得罪的"，力阻溥仪伪满称帝。

溥仪言不由衷地说陈宝琛愚顽，却又说他是"最稳健的人"，是"唯一的灵魂，唯一的智囊"。愚顽，不作顺风草，傻傻地争执，可见忠的纯度。竭尽心智，出谋划策，可见忠的深度。实际上，谁都知道，这样做是为了谁，对谁好！

福州"螺洲陈"之陈宝琛，同光体诗坛领袖，好论时政，直言敢谏，"枢廷四谏官"之一，享"清谏"之名。比如，慈禧身边的太监仗势欺人，未按宫禁规定出宫，与午门护军争殴。恶人先告状，慈禧偏袒肇事太监，下旨严惩、斩杀守职的护军。陈宝琛无惧慈禧淫威，犯颜直谏，据理力争，说若护军不看手续、不盘查真伪，让人随便进出，"是有护军与无护军同，有门禁与无门禁同"，终使高傲的慈禧太后收回成命，打开了"庚辰午门案"的正义之门。陈宝琛一时轰动朝野，因此获得"有大臣风度"之赞。

陈宝琛敢于同辜恩负国的人与事展开斗争，斗的是立场，斗的是原则，斗的是公义，从不私斗，瞎折腾，算得上晚清迂腐朝廷的"稀罕物"。

完颜崇厚出使俄国，崇厚贪生怕死，擅自与俄签订不平等条约。陈宝琛失声痛哭，向上死谏，满朝呼喊，国家主权丝毫不可失，主张"诛崇厚，毁俄约"，力主收复被沙俄侵占的伊犁。中法战争之前，陈宝琛上奏《陈越南兵事折》等条陈，认为，法国控制了越南之后，"越南沦"，紧接着会与中国"争隙地、责逃人、廓商岸"，且法国"志在蚕食""求取无厌"，中国西南边疆将无安全可言。是战是和，关键在于越南存亡。"越南未失，则战易而和亦易；越南若失，则和难而战更难"。他预见法国迟早会挑起战事，中法间的战争必然爆发，力主"举义师"，针锋相对，寸土必争。他主张"联与国"外交，中国欲拒法，则必联德，善于利用德法之矛盾，制造中德合作国际舆论，使法国有所畏惧，以夷制夷。他颇有见地的思想，被顽固派土掩水没，扼杀于摇篮。

良相善筹谋，忠臣重执行。陈宝琛纵观世局，洞察日本对台湾的侵略野心，提醒朝廷警惕，说"倭患未形，而与倭最近者莫如台湾"，"台湾扼闽海咽喉，为七省门户……今琉球沦矣，邻警益逼"，"台湾治，而后七省之海防可渐固矣"。台湾地位特殊，当早谋海防，以御敌于门户之外。

一双睿智的眼睛，敏于捕捉问题，逮住问题总想解决，欲妥妥解决，就得谏言献策，请各方加持。公心所致，情怀所关，居庙堂不糊涂不装糊涂，常为天下事操心，问题总是一个接一个，谏言也一个连着一个。问题没完没了，谏言逆耳而不绝，多了，可能会让人心烦意乱，有的还会"添乱""添堵"，甚至会犯上。爱谏、屡谏、一直谏，不是知心至交，不以为是好事，往轻的说，似乎有点左，那就没了好形象，被列入了"清流派"。成了派，益一派，就可能伤了一派，或益公而伤了私心私情，俗话说"一句话难益两个人"。言多必失，言多失就多；失多，伤就多；伤多，怨多；怨多，遭罪多。陈宝琛因举荐的人才办事不力，积怨借尸还魂，一哄而起，穷追猛打，1891年坐罪解甲，回乡赋闲达20多年。但他不怨天地不怪鬼神，为公举荐，荐不当而损公，理当受责，坦然面对。无职位，不能在朝尽功。有情怀，处处都不闲心。多忍耐，心想而事成，各方圆满。

早在1880年，陈宝琛等人替刘铭传草拟《请筹造铁路以图自强疏》，认为铁路比赈务、商务、矿务等，尤为急切，而且利于用兵，是富国便民的自强之道。"若一旦下造铁路之诏，显露自强之机，则声振之始，彼族闻之必先发奋。"陈宝琛抗法保权、抗封锁深改革的理念，深深影响着刘铭传。陈宝琛应台湾首任巡抚刘铭传之请访台，助推刘铭传在台湾推进修铁路、开矿、创办电讯、改革邮政等一系列洋务新政，发展航运，促进贸易，加强教育，推动工商业发展，为台湾现代化奠定深远基础，成了"台湾现代化之父"。

甲午战争后，日本得寸进尺，西方列强激烈争夺，意欲在福建等内地省份筑造铁路，妄图把势力从台湾扩充到福建等地。列强蚕食，明争暗夺，引发陈宝琛等福建有识之士关注。陈宝琛等能人志士发起"自保利权""收回利权"运动，对列强觊觎之野心，无他途，唯有自强以抵抗。"要想富，修铁路"。1905年福建全省铁路总公司成立，拟在漳厦等地修建铁路。陈宝琛任总办（总经理），只身奔赴沪、粤等地，踏风浪漂洋过海，到南洋爪哇、吉隆坡、万隆等番地，向华侨、富绅募股投资。他翻越山海考察路线，督工实地工场，统筹人力资源，历尽千辛万苦，最终于 1909 年建成了嵩屿、海沧、石美、江东桥 4 个站的福建第一段铁路——漳厦铁路。

陈宝琛身在野，心向朝，情系国之兴盛。出生于名门望族、"六子科甲"家庭的陈宝琛，身为帝师，更是信奉教育乃立国之本。实现富国图强、抵御外侮，救民于水火的爱国愿望，自己能做的、可以做好的，唯有治学兴教，将一腔热血倾注在办学、为国储才之中。陈宝琛回乡赋闲之时，正是他兴办教育之机，因此成了福建近代教育的主要奠基人。他以"培人才，广教育"为志，出任享有盛誉的福州鳌峰书院山长，与林纾等人合力创设苍霞精舍，是福建最早开办的新式普通教育学堂。情怀大，心易动，心动见行动，动之深，行之切，一发不可收，越做越来劲。他创办以学日文为主兼学汉文的东文学堂，创建了全闽师范学堂（福建师范大学前身）、政法学堂、商业学堂，主持福建高等学堂，出任全闽师范学堂监督（校长），亲自书写校训"化民成俗其必由学，温故知新可以为师"。陈宝琛立志兴学化俗，思接千载，继往开来，邀集省城士绅，倡议成立闽省学会，自任会长，因此八闽大地掀起了兴办学堂高潮，福州城乡兴办公立私立小学校 30 余所，带动了全省中小学遍设。他支持夫人王眉寿创办"女子师范学堂"等女子新式学校，著名作家冰心系其门生。王眉寿被人们誉称"女范之师"，荣耀至极。

陈宝琛提倡"崇实学以励人"，"行己以有耻为质，读书以有用为程"，只要"屏黜空言"，就能"风气日开，人才辈出"。他非洋务，但不反对洋务事业，主张"中学为体"，但不排斥西学，倡导中西学相通，新旧文明相益，派法、政、商、工、农等学科学生赴日留学，向洋取经，开阔视野，以有涯向无涯。

帝师有张婆婆嘴，清流敢谏为国，热忱亲善对人。帝陷入迷途，动千万个口舌欲拉回，即便被冷淡，也还是一腔热血。对待亲戚朋友的家长里短，陈宝琛满心热乎，满怀倾注，满口美之，东家好，西家美，广袖善舞结人缘。他还是一个优秀的月下老人，顶级的"媒婆"。

办学堂，育人才。牵姻缘，得人才。陈宝琛访台之行，善运作，巧连线，凭着偬傥才、不烂舌，让妹妹陈芷芳更美丽动人，嫁入"台湾首富""板桥林"，与林尔康喜结良缘，成就一段闽台联姻佳话。甲午陆沉，台湾沦陷，林尔康"不耻左衽"，不想在日本统治下苟延残喘生活，遂举家搬迁厦门，终日为国忧心，不及而立病故。陈芷芳继承家业，归宁福州，茹苦抚孤，在杨桥巷购置大院，人称"台湾林大厝"。她虽是小女子，但大气肯舍得，捐巨额家财给陈宝琛，用于创办全闽师范学堂等学校。传说她还捐巨资作为中国海军建设经费。陈芷芳得"一品夫人"诰封。母贤子达贵。陈芷芳深明大义，富而行仁，教子有方，陈宝琛见而记之："妹自课诸子，至夜午，门外风涛呼啸，与妹课子声相应答。"子不负良母心。长子林熊征娶盛宣怀之女为妻，承载家族的使命，承接经营台湾家业，经营林本源制糖、华南商行等，成了台湾实业家、银行家，参加同盟会，支持孙中山革命救国，资助广州起义、辛亥革命。

　　本是热心肠，吃了喜糖，心更甜，嘴更勤。陈宝琛再度做媒，介绍美女配佳男，牵手自己外甥女、陈芷芳的宝贝女儿林慕兰与严复之子严琥走进婚姻殿堂，天仙配，门当户对，传承家族优良。严琥和林慕兰的子女多才俊，情系家国，心牵两岸，严侨、严倬云、严停云与两岸关系渊源最深。

　　陈芷芳之子林熊祥，少从舅陈宝琛学经典史籍，才俊品优，陈宝琛看重其禀赋，将女嫁其为妻。林熊祥留日求西洋之学，返台继承家业，经营家产。因不满日本"皇民化教育"和奴化统治，合族人之议，不臣倭，弃家资内渡，先居厦门，再移福州。在福州杨桥路开设林本源祥记商行、林本源制糖会社等，经营台北商事会社、南洋仓库会社、大有物产株式会社等，经常往来闽台，被推为福州台湾公会会长。抗战爆发时，台湾在福州居住的数百户居民，日困夜愁，不知所从。林熊祥尽力抚慰，合议未来之路，提议遣少壮者前往大后方，或升学，或就业，大家从其意，从而使不少"三台子弟""得以置身革命行列，为国家民族效忠蹈义"。

抗战胜利后，国民党接管台湾，打压地方势力，逮捕"鹿港辜家"当家辜振甫、"板桥林"骨干林熊祥等。辜振甫、林熊祥被关在同一座寺庙里，一起吃牢饭，有过命交情。获得自由后，林熊祥将外甥女严倬云许配给辜振甫。林辜联姻，辜振甫成了乘龙快婿，从此人生进入了开挂模式。

林熊祥发起全面修志倡议，编纂《台湾通志》，亲手建纲立目，起例发凡。倡议并参加编撰《中原文化与台湾》，斥责台独谬论，爱国崇本之心可见。

20世纪90年代初，严倬云曾陪辜振甫先生参加

"汪辜会谈",这是海峡两岸高层人士在长期隔断之后的首次正式接触,是两岸发展史上一个重要里程碑,推动确立了"海峡两岸均坚持一个中国原则"为核心的"九二共识"。辜振甫严倬云夫妇为两岸的和平发展贡献了政治智慧。

陈宝琛和台湾,家国两亲。

甲午战败,台湾被割让,陈宝琛"泪波直注海东头",哀恸不已,忧思郁结,卧床不起,临终悲鸣:"苍天啊,还我的台湾!"

陈宝琛,"溯其功业,足与台湾不朽"!

"谁知五柳孤松客,却住三坊七巷间。"

三坊七巷的名气因陈衍作此诗,更是响彻海内外。

集诗人、教育家、理论家、文学家于一身的陈衍,如一巨大的磁铁,或静或动,不管入哪门,放何方,都是强磁场,"一时豪俊,奔趋其旗之下"。鲁迅先生赞说,"陈石遗来,众皆往拜之,大诗人也"。陈宝琛为陈衍故居——"福州首屈一指的诗楼"书写对联"移花种竹刚三径,听雨看山又一楼"。陈衍开创"同光体"诗论,受到当时文人追捧。国学大师钱基博让儿子钱钟书拜陈衍为师，与陈衍成忘年交。陈衍教导钱钟书"多读少作"，不作"舞风病鹤，穷愁凄怆"才子短命诗，对钱影响至深。

陈衍随台湾巡抚刘铭传入台，协助招抚当地土著，开发台湾。心有远方，处处都是诗歌，成诗文百余篇，"诗钟"传入台湾，诗风因此盛行。甲午战败，清廷派代表赴日求和签约。时到京会试的陈衍，与林纾等在京举子毅然联名上书都察院，反对割让辽东半岛、台湾等领土。为《戊戌变法榷议》十条，提倡维新图强。台北板桥林尔嘉、林景仁父子成立菽庄吟社，陈衍成了实际上的精神领袖，征诗海内外，以"抗日复台"为宗旨，引领台湾接受"同光体"有关"以诗存史""以学为诗"等文化观念，自觉接受祖国文化滋养。

陈衍主持并总纂编著《福建通志》，首创《福建方言志》，留下丰厚的文化遗产。他提倡台湾人才到福建发展，"台湾诗界二公"之一施士杰，受聘参加编纂《福建通志》。

陈衍的好友林纾，曾三次赴台，或帮忙经商的父亲林国铨做些记账事情，或处理亲弟弟丧事，或张罗堂弟娶媳妇。林纾的父亲、叔叔、弟弟在台经商谋生，因恶劣生存环境而客死他乡，林纾深感清寒荒寂。尽管如此，清廷割让台湾，林纾"感时之泪，坠落如溅""台湾既割让，视淡水当日之游迹，犹同隔世"。领土再瘦，都是自身的血肉，怎能割舍。

林纾著《闽中新乐府》一夜走红，翻译《巴黎茶花女遗事》，"不胫走万本"，一时洛阳纸贵。他不会讲外语，却翻译了百多部外国著作，为晚清国人开启了一扇通向世界的窗户。他从维新图强，逐渐转向文化保守，但始终怀着爱国心。他为甲午海战英雄作传，《徐景颜传》赞扬海军为国牺牲。他从小从深抓爱国思想宣传，"今日国仇似海深，复仇须鼓儿童心"。

呼叫"密使一号"、呼叫"密使一号"、呼叫"密使一号"……"密使一号"寂寞了。原来，因叛徒出卖，台湾国民党"国防部"参谋次长、举足轻重的将军级"余则成"——吴石，1950年在台北遇害。他临刑从容不惧，作诗曰："天意茫茫未可窥，悠悠世事更难知。平生殚力唯忠善，如此收场亦太悲。五十七年一梦中，声名志业总成空。凭将一掬丹心在，泉下差堪对我翁。"感叹天意难测，功名利禄都是空，唯有丹心永在，平生忠善。

先前，吴石秘密加入共产党，多次配合革命同志开展工作，提供重要情报，为淮海战役、渡江战役大获全胜立下汗马功劳。他置个人生死和家庭幸福于度外，毅然赴台湾潜伏，完成党的使命，"平生殚力唯忠善"。毛主席听了吴石等人的事迹后说，"一定要给他们记上一功哟"，并感慨赋诗云："惊涛拍孤岛，碧波映天晓。虎穴藏忠魂，曙光迎来早。"吴石被追认为革命烈士。

仅福州三坊七巷，就有如此多贤达为台湾宝岛竞折腰。福建与台湾一水之隔，算不清有多少闽人携家眷、带亲朋、联好友，不惧浪高地荒，不畏瘴毒风烈，辟季风，断洋流，跨黑水沟，到台湾开荒、拓路、挖矿、耕海、牧洋，在台湾立足、生根、发芽、结果，为开发台湾、发展台湾倾其毕生精力，甚至献出生命。常说闽人渡台"六死三留一回头"，可见牺牲有多少。回望先人走过的路、付出的心血，大陆和台湾根脉相连，血水相融，哪有理由分割！否则，数典忘祖！

为有牺牲多壮志，敢教日月换新天。

台湾必将回到祖国的怀抱。

八　商海气象

"百货随潮船入市，万家沽酒入垂帘。"这是反映唐朝福州"罗城"护城河安泰河的繁荣景象。

福州的对外贸易，其实早在晚唐五代王审知统治时期就初见端倪。福州闽王祠的唐代石碑"恩赐琅琊王德政碑"上，就记载着王审知对外贸易的功绩，设立了类似海关"榷货务"以及负责海外贸易的市舶司。且不说贸易开展如何，设了海关，必定有货入关，有人报关，进出福州的商品、人员应该不在少数。

货通，人通，文化交融。文化源于生活，源于实践。

"三敬茶！"——"三献舞！"——"三献礼！"

"双螭戏鼎，乌龙出海，天后佑我，四海茗扬；仙泉浴盅，重洗仙颜，天后佑我，茶路太平。"

"茶路平安""茶路平安"……

茶帮主恭念祭文毕，众人敲铜锣，有的吆喝着茶帮号子，有的举着"茶"字大旗和番号旗，有的捧着茶叶，有的持竹筛摇青，有的挑着茶担，游行祭祀，祈求出海顺利。

这是福州独有风俗、非物质文化遗产"茶帮拜妈祖"祈福的部分场景。

据《绥安会馆碑记》记载，闽北"纸、木、茶、笋等帮，贸迁至省，暨转运天津等处者，险历滩河，逾越海澨，莫不感戴神灵，生计日隆，备臻利涉，思有以报答天后之鸿慈，图建会馆"。

据说，建宁会馆始建于元代，后由建宁人出资重修，它是绥安会馆的附属建筑（绥安包含了现建宁、泰宁及宁化等周边地区）。

"商路随水路"。原来，三坊七巷内河水路四通八达，江水与海水交融，是城区内商业汇聚的通衢和码埠，承担着南北贸易的中转枢纽。建宁人生意日盛，在福州日渐形成了纸、木、茶等商帮，为便于互通互助，共享共荣，就在商贸集中地建会馆。世人常说，海水流通处即有妈祖。确实，有海水处就有闽商，闽人商帮基本都供奉妈祖，商帮所设立的会馆通常也称天后宫，从而构建了"商会＋天后宫"独特的闽商会馆文化。郎官巷天后宫与清绥安会馆同为一体，是现在福州闹市区唯一的天后宫。

茶帮自闽江顺流而下，经水道将茶叶运到天后宫所在地郎官巷码头，东南沿海茶叶贸易集散于此，再通过海运分销到全国乃至世界各地。至19世纪70年代，福州港输出茶叶占全国四成多，形成了以福州为主的东南茶船古道，比以湖南为主的中南万里茶道、以云南为主的西南茶马古道影响更巨。闽人茶帮感恩妈祖对水上茶路的庇护，每年都会将当年第一泡最好的茶叶敬献给妈祖。

曲曲折折郎官巷，心心念念妈祖恩，娓娓道来海丝情。

茶帮拜妈祖的祈福信俗，福州最盛，实证了福州成为海丝枢纽城市、世界茶港，让海上丝绸之路中的闽商文化更具生机，也彰显着海上福州的精神。

传闻利泽至今在，千里危樯一信风。

"水德配天，海国慈航共济；母仪称后，桑榆俎

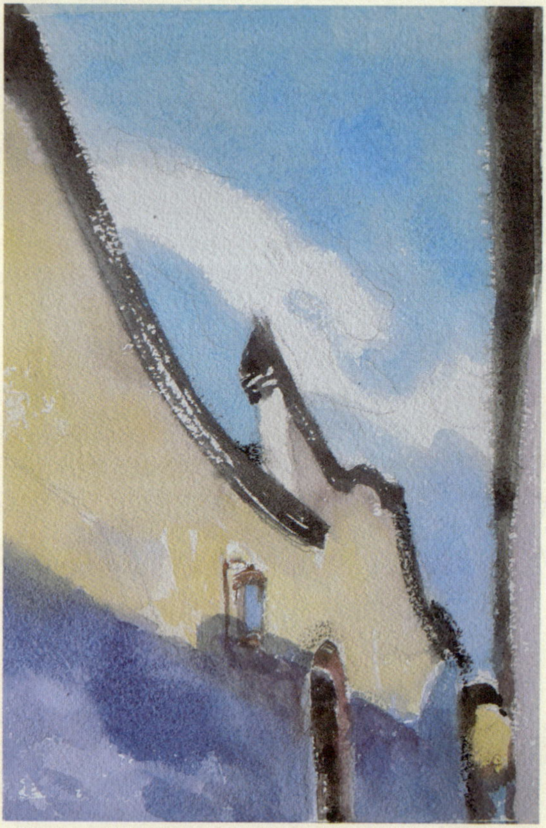

豆重光。"每当漫步郎官巷，登拜天后宫，顶上明灯环绕，身旁烛光摇曳，心会凝神间，展望星辰大海，历史的繁华喧闹仿佛萦绕在耳旁。

"茶路平安！""茶路平安！"……

世道平安。

福州沿着"茶船古道""海上丝绸之路"，从远古走来，至清朝特别是福州成了五口通商地之后，三坊七巷也打开了新的视野，拓展了商贸新的领域，推进了商贸新的气象，催生了跨越大洋的大商巨贾，比如"尤半街""电光刘"等等。

尤氏民居，三坊七巷响当当，福州超大户，现在作为福州海上丝绸之路展示馆。

尤氏何方人氏，因何而起？

据说，尤家原籍苏州，始迁罗源，后迁闽侯洪塘，清朝迁到福州城内。尤家在福州的首位创业者尤孟彪，先到福州缫丝铺子学艺，始开缫丝作坊，后移到南后街宫巷口开"恒盛"丝线店，制销丝线谋生，积累了一定资产。终老把家业传长子尤贤赞，后尤贤赞操持过度，用神甚巨，忧郁伤肝，以致双目失明，神倦心疲无法担负家业，就让其五弟尤贤模接棒。

尤贤模传承了父兄动作敏捷、甘于寂寞、心无旁骛、勤于钻研的基因，练就了独到本领，把缫丝做成了绝活，在福州城无人不晓、无人不知。

　　缫丝，需要经过选茧、煮茧、剥茧、开绵、晒绵、拉绵等工序，是心力活。

　　尤贤模从小耳闻目睹，又加之自己勤学苦练，手经无数茧，心也生茧，取得了真经。选茧，他眼睛一看，观茧色、察茧形、测茧幅，手一摸，就知道什么是好茧。手起茧落，剔除坏茧、烂茧，留下优质茧。接着，要将蚕茧分层，拨出表面杂乱的浮层丝和里面污损的蛹衬层，留取中间色泽莹白的优质层。

　　煮茧，既是体力活，又得靠经验和技巧，而并非把茧煮熟煮透那么简单。尤贤模站在高温的火炉旁，弯着腰，俯着身，伸长着手臂，拿着搅棍，每分钟数次搅动茧锅，临火又使劲用力，一锅接着一锅煮，煮得大汗淋漓，脚下流着一摊水。每一锅，都要妥妥地把握温度和火候，做到恰到好处：温度不能过高也不能过低，煮的时间不宜长也不宜短，刚刚好的温度，恰恰好的时间，手试着入锅有烫烧感，但又不至于烫伤，这样，适合膨润和溶解茧丝外围的丝胶，既方便缫丝，又不会破坏茧丝蛋白，不损丝的质地。吃得了苦，懂得了技术，才会有好的收获。

尤贤模磨练了活水剥茧之法，蚕茧在水中一翻一兜灵动变换，如行云流水般一气呵成，转眼幻化成手中的绵片。接着开绵，重在化结节，必须用手敲打结节，厚处发大力，薄处用小力，气沉、心细，慢慢打散、打松软。结不散，会导致蚕丝结团，生疙瘩，绵就难拉平。绵经过晾晒拉均匀，变得轻如雪、细如丝、柔如云。

人生经验靠千锤百炼，事业成就是心血结晶。

尤贤模崇尚脚踏实地，一辈子做好一件事。他成年累月、劳心劳力练就缫丝真功夫，从而懂得什么是丝，怎么做丝，如何经营丝，悟出其中道。他鼻子一嗅，手指一捏，闭着眼睛也能辨出丝的产地、品种和质量。丝连十指，十指连心。得一道，道道相通，可做百业。尤贤模逐步拓展丝线染色加工、织衣、刺绣，还涉足丝绸贸易、洋布栈、染坊、钱庄、燃料加工厂、百货店，商务范围扩展到莆仙地区、闽南及闽东等地，还在上海设有"信源采办庄""汇兑庄"，在香港设有"裕丰庄"等，成为当时福州巨富。

特别是经营百龄百货店，尤家做得更多的是，"你有，我也有；你没有，我有"，铁价不二、薄利多销，诚实守信，童叟无欺。因此，客户得便利，得实惠，自发成了百龄代言人，口口相传。到福州必到百龄，以买到百龄的货品为荣，成了福州的一种商业气氛。

一代接着一代干，越干越红火。到了尤贤模孙子"德"字辈，尤氏家业发展到了顶峰期，"尤氏民居"可鉴。尤贤赞购文儒坊官家旧大院并加以修葺，人称"旧尤"。尤贤模发家，建大院、花厅，孩子又盖新院，孙又盖房子，全盛时期宅院十多处。从文儒坊、闽山巷、衣锦坊，一连串尤氏院落，人称"新尤"。从"旧尤"到"新尤"，宅院6大座、13进，100余间房产，几乎占半条坊巷，因而被称为"尤半街"。"尤氏民居"其间几副对联："福泽三山歌永世，船通四海乐无边""家声开石里，儒业守梁溪""东冶开新地，西堂溯旧家"，透露出这个家族对传统的珍视和对文化的尊崇，也可见证尤氏家族诗书耕读、开洋拓地的发展历程。

尤孟彪白手起家，经过几代人筚路蓝缕，尤氏成了福州举足轻重的大工商业家庭。

家大业大，不如国之大。

20世纪30年代，日寇侵华，福州生灵涂炭，尤氏家业从此败落。

历史事实再次证明，有国才有家，国弱家贫，国强家富。

但愿海不扬波，四海皆兄弟，苍生安好。

若说"尤半街"是从内陆凭借练好内功，拓展海外商路；那么"电光刘"则是依靠自身强大的基因，吸收外来先进技术，做大民族工业，试图实业救国。

说起"电光刘"，该从刘齐衔说起。

据说刘齐衔先祖弃官从商，复又弃商为官。其先祖长袖善舞，走官道顺顺当当，开商船得风得水，官商俱佳，熙熙攘攘名利俱收，人脉资源多多，家业家产隆隆。

刘齐衔父母早故，由人称"刘百万"的伯父刘家镇养教。家教严，人孤而志大，痴迷书中天地，刘齐衔与其兄刘齐衢于道光年间同榜中进士，为进入刘氏家业的高光时刻打开了通道。刘齐衔官至河南巡抚，躬节俭，裁漏卮，撤私税，徕商贾，保民生，为好官，也不误取财之道，将家底和余薪，转化为土地资本，以获得高额利润，成为刘氏工商盛世的奠基者。

刘齐衔次子刘学恂，长期跟随父亲左右，学习为人处世之道，当了小账房先生，记账复记账，盘算又盘算，经营家产家业，擅长于钱生钱，一生二，二生三。刘家利用祖上余钱和房产收入作为资本，开设了著名的天泉钱庄，后陆续开了长兴、慎成、仪成、永成典当铺。将家产直接经营成"电光刘"的发家资本，刘学恂功不可没。

19世纪80年代，外国资本在中国经营的工业快速发展，工业的高额利润打动了在广东为官的刘齐衔长子刘学慰，间接影响了蛰居在家的刘学恂。刘学恂本来就有超强的经商才华，又居官家，政策信息灵通，且不在官位，不受制约，进官家、下商场自便，懂权势，明商道，挥洒自如，舞台广大。因此，刘家家产自然而然由刘学恂来掌管经营。

1890年，刘学恂开始涉足民族工业，投资创办了福州第一家糖厂，开始将家族资产转化为工业资本，拉开了刘家工业发展史的序幕。万事开头难，人员、设备、技术、工艺、管理从无到有，摸索着前行。试试看看，打打停停，嗷嗷待哺，诸多不足，终因先天不足，不能自生，不久便关门停产。精明的生意人所信奉的经营逻辑是，一分资产至少一分收益，不会让资产闲置，更不可能"躺平"。此业不行，再择他业。随即，刘学恂将厂房改成仓库，囤放纸张，改营纸业。屋漏偏逢连夜雨，满库纸张遭火灾，偌大的资本付之熊熊大火，顷刻灰飞烟灭。世事变化无常，金山银山，怎么说没就没了？多少心血换来钱，钱如纸，纸成灰，一腔心血至黑至暗。

踏入新领域，走新路、迈新步，每一步都未曾经历，心中无数，并非像走老路那么熟悉、那么踏实。刘学恂初办实业，并不像从小经历的钱生钱、资本运作那么得心应手，一败再败，颓然一时，但他心不死。有志者，总喜欢做尝试，即便失败，皱着眉头，也不会迷失方向、停滞不前，而是一而再进行新的伟大尝试，直至尝到甜头。一个优秀家族的基因，即使一代尝试不成功、不达目标，也能一石击水，引发波澜，催生后来者跟进再跟进，永续劈浪前行。

一个聪明人，摔了跟斗，不会责怪天、责怪地，而是反思自己，为啥跌倒，何时再起。刘学恂冷眼看世界，知己之不足，将几个孩子送到国外留学，掌握新知识，接通新文明，面向新世界。刘学恂次子刘崇伟留日归来，帮助管理家业，召集众兄弟联合福州名流合伙，集资买下福州耀华电灯公司，成立福州电气股份有限公司，成了"电光刘"工商业集团的龙头企业。俗称"电光五"的刘崇伦，留学研读电气技术，有眼光，有血性，善管理，主张在发展中谋出路，知落后就引进技术设备以赶超，遇困难也要筹措资金再投资，计算了台湾输入燃料成本贵就开煤矿以解决，开创了福建利用无烟煤作发电燃料的先例。他特别善于当伯乐，挑选寻聘品学兼优的人才，重使用，重培养，为企业发展提供技术和管理力量，其作用举足轻重。其他家族成员各显神通，或政治支持，或社会应酬，或交际筹款，或会计管理，接续创办了福州电话股份有限公司、铁工厂、精米厂、炼糖厂、制冰厂等二十余家企业，形成了以家庭为纽带的资本集团，几乎掌控整个福州城的民族工业。

20世纪20年代，"电光刘"家族富了，但不忘根本，以办工业理念经营农村农业，建水电站，开采地矿资源，以利民生。公司设农村电化部，进行电力灌溉实验，发展农村经济，属全省首创。建国内最高的输电铁塔，搭架国内跨度最长的过江输电线，以扩大供电范围，让更多人享受光明，临黑夜而不一眼黑。从美国购买史端乔自动交换机，创福州使用自动电话之先，让福州人率先享受"楼上楼下，电灯电话"的现代生活。此套自动交换机，一直伴随福州人步入改革开放大道，至 20 世纪 80 年代才退出历史舞台。

当时看福州城的最高建筑，唯有刘家烟囱与乌塔、白塔试比高。刘家在闽侯、福州北门、雪峰山、石仓等地拥有几百亩土地，三坊七巷有多处宅院，光禄坊一半的房子是刘家的，民间称之为"半边刘"，足见"电光刘"家族之显赫。

"电光刘"家族不仅仅致力于实业救国，更重要的是，怀着民族大义、家国情怀，一代接着一代苦心经营，聚全力做大生意，但从不忘国家利益，甚至为国家舍生取义。

"九一八"前，刘崇伦通过秘密渠道，得到了臭名昭著的所谓"满蒙积极政策"的"田中奏折"，身在商场心向国，历艰辛，费周折，火速托上海印刷局印制，并冒险秘密散发，以期引起国人警觉，"知暴敌侵略之将至"。时隔几年，日本侵华战争全面爆发，刘崇伦被绑架，遭秘密杀害。

刘崇佺留学日、美，感到"各国竞习航空而我独无觉"，怀着强烈的爱国主义精神，放弃原有学业，转学飞行、发动机制造等航空知识。日侵华，他不顾个人安危，一次次过高山、越冰峰、冒狂风恶流，执行飞行任务，开辟西南航线，盘运抗日物资。他驾驶

"桂林号"由香港飞往成都，经广东中山县，遭日机围攻击落，壮烈牺牲，践行了"吾之生命，当有所取偿而付诸国家耳"。

日寇侵华，国民党暴政，家庭变故，使刘家民族工业日渐式微，非核心企业纷纷停产，主营企业也奄奄一息。福州沦陷后，日寇天上炸、地上抢、路上封锁，使刘家企业雪上加霜。经营惨淡，而生活还得继续，必须进行新的创造，开拓新的领地，以求新生。刘崇伟大儿子刘永业富有经营经验，奔走各方，纵横左右，呼应上下，劳心劳力苦苦支撑刘家企业。刘家后代秉承开眼看世界的优良传统，逐步走出去，打拼在欧、美、日等世界各地，有的成了外交家，有的当了金融家，有的做了科学家，在不同领域、各自行当，为国家民族作出贡献。新中国成立后，"电光刘"家族企业响应号召，走公私合营道路，为新生的共和国经济建设添砖加瓦，还为抗美援朝保家卫国捐献飞机和大炮。

三坊七巷多为居住区，可喜的是，不仅出现过影响至深的工商业大户，还产生了入户走心的知名小商贩，有商界大咖，也有坊间达人，流淌着交响乐和小夜曲交相辉映的美妙乐章。

20世纪20年代,刘二俤(刘必松)因其母逝,检视人生,孤身搭船颠簸过海峡,艰难登台湾,借宿问食,走走停停,在永和镇一家小食店落脚,边打工边练就打鱼丸技艺。做别人的工,学自己的艺,手脚勤,甘苦力,悟得快,手艺日趋娴熟。他制造的鱼丸,鱼包肉,很筋道,皮薄而不露馅,洁白晶亮,馅润荤香不腻,有鱼香味而没有鱼腥气,深受顾客欢迎,让老板财源滚滚。看似为别人打工,实际上是为自己而做。一粒鱼丸,一番心力,也有一份收益。老板发大财,自己也得了小钱。鱼丸做越多,做越好,卖越火,钱随鱼丸滚滚来。生意旺旺,小钱多多,日积月累,刘二俤腰包看涨,钱袋日鼓,用辛勤汗水铸就了第一桶金。

刘二俤带着积蓄回福州,自己当家做鱼丸,在塔巷口开了"永和鱼丸店"。取"永和"之名,有的说是纪念在台湾学艺赚钱,现在也无从考究。是否祈愿家永和、业永和,以安母心?不得而知。不管怎么说,总是好的愿望。和,天地之达道。致中和,天地位焉,万物育焉。

刘二俤每天挑着鱼丸担,敲着叮当作响的碗匙,行走于三坊七巷间，叫卖着自制的鱼丸。不多久，鱼丸味，成了人们想念的味道；叫卖声，成了坊间爱听的声音。大家亲热地称刘二俤为"鱼丸二"，邻里一听脚步声和碗匙敲击声，就知道"鱼丸二"来了，纷纷走出家门，争相品尝。产品受青睐，生意越来越红火。

刘家坚持传统工艺，父传子，子传孙，一代接着一代干，越干越有名，"永和鱼丸店"成了"中华老字号"，永和鱼丸制作技艺被认定为福建省非物质文化遗产保护项目。

"没吃过'永和'鱼丸，就不算来过福州。""永和"鱼丸名声在外，唱响九州。

"永和"鱼丸好吃，"鼎日有"肉松甜美。

据说，清咸丰年间，厨工林振光（别名鼎鼎）在光禄坊刘步溪府上当家厨，厨艺高超，烧得一手好菜，深得主人器重。一次，主人病，无食欲，林鼎鼎忠心耿耿，想方设法做美食，妙手出了佳肴，做的肉松大开主人胃口。还有另一个传说，一日，主人宴请宾朋，取一块猪腿精肉做一盘大菜，不小心汤烧干，一股焦味从锅起。请客菜单已定，不能随意减菜缺菜。林鼎鼎急中生智，错中不乱，随机应变，剔除焦煳的肉，冲洗，入锅，加入油、糖、料酒、酱油、红糟等佐料，不停地翻炒、挤压，将肉纤维挤开、炒散，成了金黄色细丝状，出锅。客人品尝，鲜得出奇，问菜名，答曰"肉绒"。宾客嘴留余香，满意而归。

出错，是坏事，将坏事变好事，那就了不起。林鼎鼎面对错失，没有惊慌失措，没有失望，没有放弃，首先想到的是维护主人的颜面，每一道菜的品味，都关乎待客之品位和礼节。为主尽责之心，促使他开动脑筋，使出看家本领，就错改错，改出超预期效果。因错而机缘巧合，出新品，因新品而出名。错误的开端并不意味着错误的结果，因人而异。能有好结果，关键凭本事。

能改错，改出好结果，信心满怀。自此之后，林鼎鼎潜心研究配制肉松的方法，并不断改良，创制成香醇色艳、味鲜甜美、入口即化的肉松，一举风靡福州城。后地方官将肉松进贡入朝，赠送京官宫妃，食完还想要。答曰："有林鼎鼎在，日日有。"一时间，"鼎日有"广为流传。后林鼎鼎干脆辞去家厨之职，挂"鼎日有"招牌，在光禄坊早题巷口开设作坊，专做肉松。

艺传三代，誉满五洲。"鼎日有"肉松获巴拿马国际博览会金奖，远销东南亚、欧美，成了福州名片。

还有"同利"肉燕，创建于三坊七巷，与鸭蛋（福州话谐音"压乱"）共煮的"太平燕"，成为福州地区酒席不可或缺的品牌菜，也是人们出远门以及漂洋过海保平安的信俗菜。

沈绍安，受古人"夹苎"法启发，创制脱胎漆器，经后代传承创新，使脱胎漆器走向世界。闽浙总督许应骙购买进贡慈禧太后，太后高兴，赐予五代孙正镐、孙正恂兄弟四等商勋、五品顶戴。孙正镐制作《莲花盒》《茶叶箱》获巴黎博览会金奖。孙正恂创作的《荷叶瓶》《大梅瓶》《提篮观音》先后在美国圣路易斯博览会、意大利多兰多博览会获得金奖、最优奖和一等奖。沈幼兰主持创作的《锦地海棠果盘》在英国伦敦博览会获头等奖牌和奖状。沈忠英制作的《芙蓉花蝶》，获朱德题词赞"精雅绝伦"；制作的《珊瑚蟠桃盘》等作品送莫斯科展出，备受赞誉。

曾明精研刺绣工艺，创作许多精品。如《马》，用头发丝般的丝线绣成，线条流畅，极富立体感，获巴拿马万国博览会金奖，无偿献给北京故宫博物院，列入国家级文物珍藏。

"永和"鱼丸、"鼎日有"肉松、"同利"肉燕、脱胎漆器，这些福州的小工商业产品，物小名声大，是连接福州与世界的桥梁，在弘扬中华优秀传统文化的同时，让八方来客品味福州醇厚的文化底蕴。

九　坊巷春天

"挽住云河洗天青，闽山闽水物华新。小梅正吐黄金蕊，老榕先掬碧玉心。"

1991年3月，习近平同志在福州工作期间曾到三坊七巷召开文物工作现场办公会，指出"评价一个制度、一种力量是进步还是反动，重要的一点是看它对待历史、文化的态度"。他推动制定福州历史文化名城保护管理条例和保护规划，有力促进了城市历史文化传承保护工作。 2002年4月，时任福建省省长习近平为《福州古厝》一书作序，强调"保护好古建筑有利于保存名城传统风貌和个性"。

2021年3月24日，习近平总书记听取福州古厝和三坊七巷保护修复等情况介绍，步行察看南后街、郎官巷，参观严复故居。习近平总书记强调："保护好传统街区，保护好古建筑，保护好文物，就是保存了城市的历史和文脉。对待古建筑、老宅子、老街区要有珍爱之心、尊崇之心。"

三十年前的擘画，让三坊七巷历史文化街区实现创造性转化、创新性发展。今天深情的嘱托，如强劲的春风，让三坊七巷焕发出勃勃生机。

清晨，保洁员沐着晨曦，带着微笑，享着宁静，哼着心中欢乐的歌，精心打理着坊巷，让街区以整洁清新的姿态，迎接八方来客，享受春的温馨，获得福中之福。

白天，三坊七巷游人如织，南后街更是爆棚，像是"正阳门外琉璃厂，衣锦坊前南后街"。逛老铺，煮碗线面、肉燕、鹌鹑蛋，长长久久祈平安；尝了芋泥、鼎边糊、酸辣汤，黏黏稠稠、酸酸甜甜益健康；慢享佛跳墙，细嚼荔枝肉，微醺青红酒，小吃光饼、蛎饼、大鱼丸，心存佛系、红红火火、圆圆顺顺走四方；带上肉松、牛角梳、油纸伞，强身、醒脑、挡雨遮太阳。进新店，满眼新理念、新气象、新潮流、新时尚、新产品，海纳百川，人无我有，人有我优，做足了生态、数字、海洋大文章。游览故居馆堂，林则徐母亲娘家故居、沈葆桢故居、严复故居、冰心故居，海丝馆、台湾馆、民俗馆、家训馆、福字馆——让人流连忘返。

穿越厚重的历史，沉浸绿的廊坊。光禄坊，一棵棵樟树或如腰粗，或环抱，茂盛如华盖，微风吹拂，白花花的细蕊铺地，花香四溢，沁入身心，神清气爽。顺着安泰河漫步，尽管现在看不见"人烟绣错，舟楫云排""百货随潮船入市，万家沽酒户垂帘"的"小秦淮河"景象，但是，不妨想象，曾巩知福州过安泰桥的画面："红纱笼竹过斜桥，复观翚飞入斗杓。人在画船犹未睡，满堤明月一溪潮。"还可以在安泰河边，细品茉莉花茶，慢喝咖啡，回味、小憩，让行与思同频。倚栏观河鱼尽欢，看岸边红花入水俏容，水波荡漾，花映影动，似锦鱼，在浮游、嬉乐，升潜自如，以沫相濡。花在水中花更艳，人知鱼乐人似仙。

观水，水流缓。望厝，"马"蹄疾。风火墙马头（墀头）牌堵，是三坊七巷一景致。古厝有高低、大小，而个个马头似乎铆足劲，灌足神，做足功课，以精湛堆塑，讲述其丰富多彩的寓意。马头牌堵一般是"金印式"或"朝笏式"，出仕入相是其心愿。堆塑画面分三层，底层多为花瓶、如意、葫芦、石榴等，中层灰雕辟邪灵兽，如麒麟、白鹤、鹿、龟、狮、四灵兽等，上层翘角多为祥云纹，发之于心，寓意于形。如今三坊七巷马头高低起伏，似万马奔腾，牌堵翘首仰天承运、直飞云天，人愿、物随、天佑，天时、地利、人和，新时代快马加鞭，向善向上！

华灯初上，好似福橘满坊巷。福橘，红红的、圆圆的，酸酸的、甜甜的，是福州的吉祥物。福橘、福城、福人相伴生，福橘养福人，福人造橘灯，橘灯耀福城、照福人。巷间隐约，坊中红亮，南后街灯阑珊、人欢畅，与满天繁星共欢歌，今朝更好看。

三坊七巷，总开风气之先，启思想之门。

第一开眼看世界，师夷之长。开海办船政学堂，创建海军人才摇篮。物竞天择，图变求强。民族危难，敢把反帝反封建火炬点燃……思接千载，不忘初心，自立自强。深悟思想伟力，不负韶华，放飞梦想。岁岁年年，三坊七巷，迎来磅礴壮美的春天，开启新征程。睁眼看世界，也请世界来看看，还从世界眼里见精神，以更大作为，引领风骚，谱写新篇章，构建世界之三坊七巷，造福有福之城。城有福，坊有福，巷有福！人民永福！

后 记

"一片三坊七巷，半部中国近代史。"

常常听之，而不知所以然。2020 年，开始探究三坊七巷，查资料，看书报，留心街谈巷议，同我家孙大妈，以及同事、友人，数十次走进她。越亲近，越感佩；越融入，越敬仰她的伟大，越赞叹她的博大精深。

因此，逢人无不高谈：三坊七巷，何止半部近代史！

其他，且不说，就说说：严复做雄文《天演论》的思想之变，林旭为之腰斩的戊戌变法制度之变，林觉民为之牺牲的广州起义武装之变，林长民为之点燃五四运动的科学民主之变，就足以让国人热血沸腾，让民族为之振奋图强。

还有，马江海战、甲午海战、江阴保卫战，多少三坊七巷走出的将领为之泣血，多少福州儿女为之献出宝贵的生命。尽管因诸多缘故以失败告终，但破釜沉舟的决绝意志、宁死不屈的民族气节，像沧海一柱，让外敌胆寒，让夷人敬畏，让四海惊叹。

还有船政风云，还有海峡第一条海底电缆铺设，还有国徽、人民英雄纪念碑设计，还有——还有很多，很多。

三坊七巷的人文精神，是富矿，挖不竭，掘不尽，凭一己之力，尽奋书，毕生也书写不完。因此，仅就三坊七巷与海有关的人和事，做些粗浅的梳理，并循史实进行再创作，当作自己在读物、在看书、在研史、在敬先贤、在仰望星光。三坊七巷形如书，坊坊巷巷尽书声，读书、向海，向海、读书，这是一片三坊七巷、半部近代史的历史逻辑。深受伟人文化情怀、古厝情结感染，钟情三坊七巷，并非仅仅关注那片瓦、那块砖、那个宅院、那条街坊，而更专注这里的家国情怀，从这里走出来的人物留下的精神遗产、给后世的教训和启示，更期盼传承和发展，从这里能耕植更多的人文景象，走出更多的仁人志士，为国为民读更多书、做更大事、谱写新华章，让世界看到更好的福州、更美的福建，让三坊七巷融入新的海洋文明、唱响中华文明，而非固守那片古厝老屋。

　　本书稿曾在"家在鼓楼"公众号连载，每一篇阅览量均在 10 万以上，加上朋友同志们的鼓励，因此鼓起勇气付印。衷心感谢海峡出版发行集团原董事长林义良先生、福州软件园书记杨朝晖先生提供许多图书资料和诸多支持，衷心感谢福建省美术家协会副主席、福建省画院名誉院长张永海先生作封面书、画，衷心感谢中国美协会员、福建美协理事、福州美协副主席谢艾非老师和中国书法家协会会员、中国散文学会会员、福建省书法家协会青年艺术委员会委员鹿溪先生提供插图，衷心感谢同事小林、小俞、小吴、小李、小柯等同志校对并提宝贵意见，衷心感谢家人和朋友的无私支持和帮助，衷心感谢每一位读者。敬请各位方家提出批评，将感激不尽。

贞尧仔写于 2023 年 11 月 23 日

附录

三坊七巷的海洋性、海洋精神

苏少伟

写三坊七巷的书，不可谓少，但从"海"的角度来阐扬三坊七巷的精神意蕴的作品，却凤毛麟角。贞尧仔的《海上三坊七巷》独辟诠释路径，将视野从"陆上"转向"海上"，注重挖掘、开拓三坊七巷这一块土地的海洋特征、海洋精神。这给读者提供了新的认识方向。

精神的产生：三坊七巷的地理、历史

三坊七巷的海洋性，在《海上三坊七巷》中得到了系统的整理、阐发。全书的 9 个章节，所论离不开"海"，层层剖解三坊七巷的海洋精神。

首先是地理学意义上的。贞尧仔援引古籍，遍查历史，考证三坊七巷的形制、方位、舆地等所具有的"通海""向海"的意味——"闽在海中"，而"三坊七巷形出水中、神在海上"。全书的基础就在于这个地理学意义上的阐发。这一地理学上的论断是一种新的理论尝试，体现出贞尧仔对三坊七巷的深刻识见。

但是，在《海上三坊七巷》中，"向海"的属性更是一种精神性的超越。"向海"也就是开放、包涵、文明的精神态度，是一种向外看的视野。三坊七巷不规制于陆地，而始终体现了一种开拓、开放的海洋精神，并深刻地影响了生长在这里的人民。

贞尧仔认为，这种精神是在丰厚的历史过程中形成的，尤其是主政福州的历朝历代官员的治理理念促成了"海洋"性的萌发、完成。贞尧仔历数了福州主官对"海"的拓展。他说，太守严高注重"山海融合，向海而兴"；王审知"让城向东、向南，通临大海，发挥海洋优势"；宋福建转运使蔡襄"第一次将内河与闽江连接起来"，并且"传播了茶文化，茶从陆地走向了海洋"。还有李拔、张伯玉等，这些人影响了三坊七巷的"海洋"性。这样的论说，是有一定逻辑与条理的，清晰地展示了历史的走向与精神的一脉相承。

如果说，王审知、蔡襄等为三坊七巷的"向海"的特性打下了基础，那么这种隐性的历史精神经过几百年的孕育、发展，终于到了清末船政学堂时期、洋务运动时期，达到高峰，并绵延后世。这一历史节点里，出现了林则徐、沈葆桢、严复、林觉民、萨镇冰等为代表的诸多历史人物。三坊七巷的"向海"性，得到了一次充分的展示。贞尧仔说："三坊七巷人杰地灵，其源头活水在于连接江海。"这样的论断，是很有力度的。

精神的转化：三坊七巷与家国情怀

三坊七巷与家国情怀，是《海上三坊七巷》的重中之重、主体结构，也是贞尧仔用力至深的部分。三坊七巷本是一个地域性的建筑群落，但它从源头上就具有"向海"的精神特性，且这一特性一点也不空洞，而是紧紧地与国家图强、民族危亡联系着，与中国的近代化休戚与共。这是难得的精神转化。

而这一切如《海上三坊七巷》所言，靠的是三坊七巷的人物吸收了"向海"的精神，海纳百川，本着开放、文明、向外看的纯粹精神力量，深度参与到历史进程中，到国家道路的找寻中，自觉地参与近代中国的建构。贞尧仔详细地叙写了这种转化的基础、过程。从林则徐的"开眼看世界"、严复的"物竞天择"、船政学堂的兴起、清末民初革命党人的活动……贞尧仔一笔一画地记录了从三坊七巷走出的这一群仁人志士，他们在近代中国的政治、经济、军事、外交、教育、翻译、造船、铁路、矿业、冶炼、邮电等事业中留下的深刻的印记。他们把目光转向海上，转向不断开放、现代化的世界，形象地体现出了海洋文明的那种历史眼光、文化态度。

但是，正如书中所揭示的，转化伴随着苦痛、迷茫。他们自觉地建构国家，但又为国家所限、为时代所困，以至于他们的探索充满了曲折、挫折。林长民是一个例子，贞尧仔说："政治动荡不安，国之积贫积弱，满腔热血遇到的是冰冷的世界，想施展抱负又遭遇滑铁卢，常常夜不能寐，寐而常梦，梦惊醒又无路可走，苦闷、彷徨、感伤，究竟路在何方，不得不再思考。"几乎每个三坊七巷人在其精神世界中无不遇到过这样的问题。贞尧仔通常以短促之言、沉痛之语道出他们的精神困境。

然而，《海上三坊七巷》始终充满着乐观主义和饱满的革命精神：为国家谋发展，为同胞谋幸福，为正义而献身。正如书中所记方声洞的话："夫男儿在世，当建功立业以强祖国，使同胞享幸福，虽奋斗而死，亦大乐也！且为祖国而死，亦义所应尔也。"这是素朴却又深沉的家国情怀和同胞情感。于是，三坊七巷的"向海"、维新图强的精神特性，最终向着国家、民族的进步方向实现了深刻性的转化。

精神的书写：贞尧仔的笔力与诗性

在层层剖解三坊七巷的海洋特性、海洋精神时，贞尧仔的书写有几个特点。

文字力求简省。贞尧仔在对三坊七巷人物的摹写、对历史事件的品评方面，有独到之处，往往笔墨简省，但这种简省中又形、神、意俱到，言语到处，便见笔力。例如他说，林觉民"人具才俊、志高、情切，气贯长虹，总让对手闻之胆寒，敬之三分"，刘崇佑"是明眼人，心中始终装着良心秤、正义尺、道德律，以此权衡世事，研判是非，通透明了"。寥寥数笔，却让人察觉到人物的性格特征、精神境界。

随文赋情。意思是说，贞尧仔根据文章的内容赋予文情，也就是说，不同的章节有不同的文风，该豪气则志气凌云，该悲苦则黯然神伤。"船政风云"这一章节里写到船政学堂的建立时，文风一时振奋，"虑周深，策精准，功自生。沈葆桢大手描画，管教手把手包教包会，学童积极向上。好天气，好土壤，好环境，好苗自然成材成林"，显示了一种向上的生机。而"沧海一柱"这一章节写得悲壮,壮怀激烈、慷慨意气。"隆隆炮声,烈士精神,在历史长河中回响!回响!"唤起了读者同悲同仇同愤慨的情感。余者如写清末民初的革命党人,亦是慷慨悲歌。所以,《海上三坊七巷》中文情不一,辗转多样,令人读之感怀万千。

值得一提的是,我们不能不注意到书中的几首现代诗。贞尧仔在描摹人物、叙写历史、品评事件时,便以诗抒情。比如,研读严复《天演论》,贞尧仔心潮澎湃,发心声而为诗歌:"先哲严子/为国人演绎旷世之作/明了物竞天择之道理/鼓了民心/开了民智。"以诗歌抒发了贞尧仔对严复历史贡献、历史地位的崇敬,强化了认识。一句话概括起来就是,现代诗的加入,是文本语言的多样化、诗性化,更是深厚情感的自然宣泄,丰富了本书的思想、情感向度。

"史诗一卷,三坊七巷",现代中国的历史风云在这一块土地上得到了充分的演绎。它始终回荡着国魂文脉、人文思想、亲民爱国的先声,具有丰富的精神内涵。《海上三坊七巷》通过地理学的阐释以及对生于斯、长于斯的仁人志士的摹写,较为通透地梳理了三坊七巷的海洋性、海洋精神,让三坊七巷融入新的海洋文明,从而赋予了这一方土地深厚的历史底蕴、人文情怀与当代价值。

为国为民情怀的大书写

苏少伟

从中国文学的发展脉络来看,为民、为国情怀的书写一直是一个不间断的传统。这种远溯屈原、杜甫的情怀谱系,影响了很多作家的书写题材、行文结构、立意追求。翻阅贞尧仔的近作《海上三坊七巷》,也可见"情怀"一词在这本书中的分量。

情怀是事功的一个重要因素。贞尧仔认为,缺少情怀,则万事难作,何谈成功。所以,他敬服古人的那种深具情怀、砥砺奋进的胸襟。他作此《海上三坊七巷》一书,首要的是在歌颂闽人的"情怀"上。书中人物及其事迹,浓烈地透露出为天下生民、为家国济世的情怀。

从哲学上来说,情怀要体现为行动,化作实践。蔡襄是一个鲜明的例子。贞尧仔感慨过,如果蔡襄没有情怀,在宋代要建成洛阳桥,是希望渺茫的。而在

《海上三坊七巷》中，贞尧仔记述了蔡襄两知福州时的事迹："办学兴善，广设校舍，聘请郡士周希孟等为教授，还常到学舍执经讲问，亲游常渡无涯学海。见百姓患病不就医而向巫觋求拜，多为蛊毒所害，撰《圣惠方后序》，刻于碑，劝病者就医治疗，并采取措施取缔巫觋；作《五戒文》，以革时弊。"简省却意蕴丰富的大笔，杂多却条理清晰的事迹，让我们从中体会到了蔡襄那种为民为国的情怀。当然，关于蔡襄的笔墨，在书中是一个简短的插曲，余者如严高、王审知、李拔、张伯玉等人的书写亦表露出了如此的情怀。

然而，《海上三坊七巷》篇章结构的重中之重是刻画近代福州三坊七巷这一方土地上的仁人志士。我们要注意到贞尧仔在这一重描写中所流露的两层意思：第一，贞尧仔深深以为，三坊七巷的人物吸收了"向海"的精神，海纳百川，具有近代的开放、文明、向外看的思想观念；第二，贞尧仔认为，他们代表了近代中国在国家存亡、民族危难、生民倒悬之际，所生发出的一种家国情怀的力量。

对于这种情怀，贞尧仔写得恢宏大气、笔墨苍劲，全景式地形塑了三坊七巷仁人志士的精神境界——归根到底，他们的奋斗，甚至牺牲，都是因为他们怀着为民为国的大胸襟。在国家穷困之际，他们深度参与到国家道路的找寻中、到人民生活的纾困中，自觉地参与近代中国的建构。从林则徐的"开眼看世界"、严复的"物竞天择"、船政学堂的兴起、清末民初革命党人的活动……三坊七巷里走出的这一群先贤，在近代中国的政治、经济、军事、外交、教育、翻译、造船、铁路、矿业、冶炼、邮电等事业中留下了深刻的印记。

为着这种情怀追求，他们不惧险阻艰难，甚至死亦不能动摇其信念。《海上三坊七巷》所记的方声洞之言："为四万万同胞求幸福，以尽国民之责任……刻吾为大义而死，死得其所，也可以无憾矣。"铿锵之音、壮士之怀，在贞尧仔的转述下，如在目前。此外，书中更有对林觉民的一番论评："白色手巾，书满血泪，凄美悲壮，千古绝唱。《与妻书》非只对妻语，非只言情，而是向世人诉说，家庭幸福、夫妻恩爱、国家前途、人民命运孰轻孰重，向世界告白'为天下人谋永福'，乐于牺牲自己，令人荡气回肠。"如此评价，摛翰振藻，见林觉民的悲壮与大义。

这种情怀的书写，支撑了《海上三坊七巷》一书的思想境界，张扬了时代的精神，使得文本的气象更为宏阔，也更容易直接地熏染读者。我们在书中行文里，感受、体会到了家国深情、人民信念。

总之，为先贤立像、为精神铸魂、为家国鼓荡情怀，这是贞尧仔的书写本意。《海上三坊七巷》一书重新建立了我们与先贤们的精神联系，以及与他们高远情怀的沟通。

风从海上来,史由坊巷出

南 竹

从银河系看,地球不过是其间一叶方舟。从地球看,占总面积不足三分之一的陆地,也犹如茫茫大海中的一艘船。贞尧仔先生"海味"十足的新书《海上三坊七巷》,从"三坊七巷形出水中,神在海上"入手,一气呵成给读者展现出九道绝活:"因海而生""福地重人""海国情怀""船政风云""沧海一柱""惊涛巨变""守望宝岛""商海气象""坊巷春天",这些无疑是海纳百川、九九归一的精神食粮。从"海上"读书这种体验感,犹如从"旱鸭子"到"水手"的转变。视觉一新,天地一新,历史为之翻涌,人物为之鲜活,文明为之拓续,时代为之记忆。

江海双惠的"海"

"通江达海"是一个汉语成语。而"江海双惠"却是该书作者哲学思考中写下的新词语,是通达之后的升华。通达是技巧，是路径；双惠是融汇，是成全。

该书开篇就揭示"闽在海中""因海而生"的深刻道理。作者多方考证，福州从古至今向海拓城的变迁。先秦时期福州"是一片水乡泽国，汉代以后渐次淤积，浮出陆地"，"闽越族傍水而居，城池宫殿临水而筑"，"那时，福州鼓楼区大部分地方都在江河水域之中"。特别是引用当年闽越王无诸为解族人离开山峦思乡而"引飞山"的传说，佐证福州少山峦，令人印象深刻。作者指出，"少陆地，填海造地；城不足，围海建城，福州自古向海而生，每次拓城，都是向海再向海。至元明清，福州内河交织……河海相连，河通江海……福州城是从水中成长起来的城市，因此有'浮'福州之说……三坊七巷自然在海上"。"三坊七巷人杰地灵，其源头活水在于连接江海。""安泰河，就像一条长长的脐带，穿过闽江，连通大海，自然而然地获取江海双惠的先天优势，为三坊七巷供给不竭的营养源泉。"

向海拓城要地，是闽人智慧。作者从地理上、历史上、客观上、事实上阐述，通江达海，活水源源，血脉长长，人文荟萃，从而，还原海上三坊七巷

"浮"于"有福之州"之上的鲜活故事,也为全书进一步揭示三坊七巷的海洋特性与向海精神,打开了面朝大海的"澎湃"之窗。

人海飞鸿的"海"

在福州鼓山的更衣亭东侧有一方摩崖石刻,行草,横一行,纵两行,内容为:"人海飞鸿/道光己亥九秋/江右少香陈偕灿"(陈偕灿,清代诗人,道光元年举人)。这方石刻隐喻着,人海茫茫,飞鸿留痕,古今几人?

《海上三坊七巷》的"海",正是从这个视角,以人为本,以人为榜样,浓墨重彩刻画福州历史上,人海飞鸿中,那些开创福地、彪炳史册、可歌可泣的人物。在掌权持重的军政重人中,有开凿东、西两湖的晋安郡守严高;有造就时和年丰、"后五百年大盛"愿景"开闽圣王"王审之;有开塘疏渠、修建第一条"大运河"、第一次将内河与闽江连接起来、著世界上第一部《荔枝谱》、最有影响力茶书《茶录》的明吏事蔡襄;有"福山福水抱城来,助我一段空明"的李拔;有留下"三年郡太守,十万绿榕树"美名的张伯玉等。

福州之所以有福,皆因古往今来,众志成城。湖是造出来的，河是挖出来的，城是拓出来的，太平是打出来的。苟利国家生死以的民族英雄林则徐年迈身病时，仍千辛万苦挖"坎儿井"，"林公井"美名留万代。时任闽浙总督的左宗棠上疏奏请设监造轮船，"整理水师"，创建新式海军，创办船政学堂。特别是举荐了沈葆桢，后来成为洋务运动先驱。还有作者在后记中重点"说说"的："严复做雄文《天演论》的思想之变，林旭为之腰斩的戊戌变法制度之变，林觉民为之牺牲的广州起义武装之变，林长民为之点燃五四运动的科学民主之变，就足以让国人热血沸腾，让民族为之振奋图强。"

这种种海国情怀，既离不开天之道，更藏着比海也深的人之道。作者深刻指出，"山水不负天，天不弃山水"，"英才惜英才，天地做平台，代代燕常来"，"大道动人，大道聚人，为大道，人感人，情动情"，"这是情怀对情怀的托付/抱负拥抱抱负/不负英雄英雄也/这是历史定数/如此因果多反复/江山多娇/社稷有福"。

纵览全书，沧海一柱，仰为观止。人海人山，山是丰碑，海是精魂。

学海无涯的"海"

重教兴学，在三坊七巷是一大人文景观。作者在书中描述:"巷巷藏有私塾,坊坊兴办学堂,坊坊巷巷书声琅琅。"此中经纶,学海无涯,可窥一斑。其中,宋初,福州出现"海滨四先生",三坊七巷有其三。清朝,福州创办有四大书院。后来,林觉民在吉庇巷开阅报所;陈宝琛在光禄坊创办福建第一所公立幼儿园,其夫人王眉寿创办福建女子师范传习所,后与林伯棠倡办的女子职业学堂合并为福建女子师范;还有文儒坊的福州女子学校、光禄坊的南城学校、吉庇巷的第一平民小学、宫巷的文儒幼稚园与宫巷小学等等。福建十杰几乎都在三坊七巷的蒙学学堂学习过,从小接受自由平等思想。

教育鼎盛之时,正是三坊七巷人才辈出之际。其中声名远扬、最杰出的是自喻"纵使三年生马角,也须千卷束牛腰"的林则徐,他著有经济专书《北直水利书》,提倡"地资才资人才,土功皆属农功"。该书作者认为,"人在山水间,过眼中常常是,水到渠成,水涨船高,天道酬勤,地力不负人力,山秀人俊"。恰好道明了一个道理,人定胜天,天遂人愿。

"船政根本在于学堂","创始之意不重在造,而重在学"。沈葆桢富有远见卓识,开创船政学堂,其教育经验、模式外溢到全国各地,培养出大批新式海军人才。为此,李鸿章说:"闽堂为开山之祖。"严复父亲严振先,国学造诣较深,亦儒亦医,亲自教严复读书。严复则常年囊萤借光,常年挑灯夜读,年仅14岁,以第一名成绩考入船政学堂。后来作为清政府派出的第一批留欧学生,前往英国深造。梁启超称赞严复"于中学西学皆为我国第一人物"。作者贞尧仔则以一语蔽之,"唐僧西天取经,严复西方'盗火'"。这思想之火,在《天演论》中穿越了物竞与天择,似惊雷闪耀兴邦强光。

崇尚经世致用,造就时代英才。只有沐浴在学识的海洋,才能开眼看世界。诚如作者所言,三坊七巷,总开风气之先,启思想之门。

福海无边的"海"

作者在书中引用巴金的话:"社会的进步是一部殉道的记录,人类进化的每一个时代中都浸透着殉道者的热血。"其用意可知,不论是沧海一柱,还是沧海一粟,从来都是苦难造就了福海。

船政风云告诉我们,"国家欲富强,不可置海洋于不顾;财富取之于海,危险也来自于海"。林觉民在《与妻书》中向世界告白"乐牺牲吾身与汝身之福利,为天下人谋永福",用贞尧仔先生的话来说是,

"以天下人为念/为创造幸福而幸福"。同时也是，竭尽所能，人造福地，天成福海。

在"守望宝岛"章节，作者以浓墨重彩陈述，三坊七巷英雄辈出，何勉、蓝鼎元、甘国宝、沈葆桢、郑光策、陈宝琛、陈衍等人为保卫、开发、建设台湾，维护祖国统一做出特别的贡献。这种守家卫国的精神正是中华儿女的福音所系、福根所在。

"商路随水路"。从唐朝福州"百货随潮船入市，万家沽酒入垂帘"的繁荣景象，到海丝枢纽城市、世界茶港的风生水起，彰显了海上福州的精神内核。

"正阳门外琉璃厂，衣锦坊前南后街"。习近平总书记曾殷切嘱托："保护好传统街区，保护好古建筑，保护好文物，就是保存了城市的历史和文脉。"这如强劲的春风，让三坊七巷焕发出勃勃生机。

"青石板，风火墙，志气骨气昂扬/踏实地，悟思想，而今更谱新篇章/史诗一卷，三坊七巷！"作者在代序中，对有福之州，海上福州，海上三坊七巷，寄予了无比深情的家国情怀和希望祝福。

这从作者新近创作的《三坊七巷组歌》12 首歌词中可见，为国为民读更多书，做更大事，谱写新华章，树开船出海之样榜。

今人著书，连接明天历史。初读此书，顿觉，岁月如歌，风从海上来，史由坊巷出，此时无声胜有声。

沧海浪尖的风采

黄丽云

贞尧仔新作《海上三坊七巷》从"闽在海中""三坊七巷形出水中,神在海上"的观察视角入手,对三坊七巷的历史变迁和文化精神进行本体思考、逐层推展,为一代代三坊七巷人写心立传。史诗般的视野,细腻动人的笔触,开发出无穷无尽的历史生活的丰富性和广阔性,使得作品因浑朴而丰厚,具有多角度解读的可能性。

一

我们先来捋一捋本书的结构,建立《海上三坊七巷》的时空坐标。《海上三坊七巷》的叙述时间是从晋代、唐代、明清到民国初年,描写三坊七巷孕育了林则徐、沈葆桢、严复、林觉民、甘国宝、林旭、"电光刘"等杰出人才的过程。《海上三坊七巷》的空间坐标是福州,这是古代海上丝绸之路的重要门户,但"福州"在《海上三坊七巷》里落成的意义,还在于投射到那个时代、那些历史人物心中的位置。作者采用双线并行的方式,除了三坊七巷文儒坊、衣锦坊、光禄坊、宫巷等外,还涉及福州西湖、鼓山、乌石山、马尾船政,新疆、广东、江苏、台湾等地,描写了广州武装起义、马江海战、甲午海战、江阴保卫战、船政风云等历史现场,还原了历史人物的喜怒哀乐。他们破釜沉舟的决绝意志、宁死不屈的民族气节,像沧海一柱,让外敌胆寒、让夷人敬畏、让四海惊叹。

我们来看看人物。《海上三坊七巷》真正的中心是人,而且是"大写的人",是密集出现在历史卷页中,彪炳史册的人。他们拥有儒家的家国情怀,只要有机会,就要为国鞠躬尽瘁。本书写到的有:第一类是军政要人、福州郡守,有严高、王审知、蔡襄、李拔、陈季良等。第二类是民族英雄林则徐、洋务运动先驱沈葆桢、"中国西学第一人"严复、福建近代教育奠基人之一陈宝琛、"黄花岗七十二烈士"之一的林觉民等。第三类是保卫、开发、建设台湾的三坊七巷人,有何勉、蓝鼎元、甘国宝、沈葆桢、郑光策、陈宝琛、陈衍等。第四类是商界奇才,有尤贤模、刘齐衔、刘二俤、林振光、沈绍安等。全书共100多位人物。

　　作者用长时间、远距离、宽视野穿越历史星河，调动出关于这些历史人物的记忆，还原出曾经有的情景，牵出许多故事，它们关系密切，相互交错，在功能上相互整合、相互联系又相互促进，一同丰富并发展着三坊七巷文化。归纳起来，本书论及的有：诗书传家、经世致用的中原儒文化，忠孝节义的儒家道义，能屈能伸、兼容并蓄、刚柔相济的人文精神，奋起直追、革故鼎新的变革精神。此外，作者浓墨重彩的还有科技救国、文教兴邦的现代理念，如沈葆桢等创立福建船政学堂，陈宝琛创办全闽大学堂，林长民、刘崇佑等联合创办私立福建法政专门学校及其附中等。三坊七巷巷巷藏有私塾，坊坊兴办学堂，坊坊巷巷书声琅琅。

　　三坊七巷博大精深，浓缩了对巨变中国命运的思考与实践，承载着珍贵的文化记忆，裹藏了丰富的历史信息。然则历史的厚重并不能有效回应这样的疑问：为什么是三坊七巷，而不是别的地方，能够引领近现代中国思想的转型和前进？"一片三坊七巷、半部近代史"的历史逻辑是什么？

二

《海上三坊七巷》的问题意识正是基于此，它的结构特点在于围绕着三坊七巷"因海而生""向海而兴、开海则强"这个历史原点，分"福地重人""海国情怀""船政风云""沧海一柱""惊涛巨变""守望宝岛""商海气象"等篇章一步步揭示三坊七巷的海洋特征与海洋精神。作者从安泰河入手，写道："三坊七巷人杰地灵，其源头活水在于连接江海……安泰河，就像一条长长的脐带，穿过闽江，连通大海，自然而然地获取江海双惠的先天优势，为三坊七巷供给不竭的营养源泉。"

作者从小生长在海边，家庭以海为生。梁启超曾说："此古来濒海之民，所以比陆居者活气较胜，进取较锐，虽同一种族而能忽成独立之国民也。"海洋的流动、变化、宽容，可以摒除人的狭隘观念与保守思想，赋予一种包容豁达、奋勇前行的勇气，涵养一种与众不同的创作天赋。不同于一般作品，作者借助三坊七巷这个地理空间所叙述的是另外一种更加磅礴大气的风景——福州海洋文化及其多样性。

作者回顾福州不断拓城，向海而生的历史，认为正是因为拓城使得福州内河交织，河海相连，河通江海，成为"浮"福州。"浮"福州让福州"封而不闭"，既能在乱世之中隔绝战火，又能在盛世之中四通八达。历史上有永嘉南渡、八姓入闽，带来了中原文化；理学道南，带来了书院文化；西学东渐，系统引进西学，推动了三坊七巷的文化转型。特别是清代福州成为中国最早开放的五个通商口岸之一，三坊七巷文化带上了海洋文化的烙印。面对时代的巨变、列强的窥伺，仁人志士们更多地开始思考如何才能图强，如何才能真正地经世致用。他们把目光转向海上，转向不断开放、现代化的世界，勇于接受全新的思维和观念，进而遥遥领先地走在时代前列，在中国近代的沧海浪尖上演绎比戏文里更跌宕起伏的人生。

一部史册储存的记忆，并不会比一条河、一片海更多、更鲜活。一千多年过去了，现代都市轰隆隆的行进大脚，从它身边一次次掠过，三坊七巷经历过保护性修复，也同国内其他的许多人文景区一样，没有悬念地生存在商业节奏的绚丽与嬉闹中。也许每块废墟都会生出春草，所有的坊巷都可以重建，但不会有过去的南后街了，不会有沈葆桢与严复了，不会有林觉民与陈意映了。这就是历史……以史为鉴，这是中国最古老的文化观念之一。我们很难回到过去，但我们有发现的勇气和回到源头的热望。

三

作者从 2020 年开始研究三坊七巷，把这段历史当作无尽的宝藏，既可见底，又取之不尽。三年来，他花费相当多的精力做田野调查，查资料，看书报，走原址，看现貌，盯住一个个问题穷追不舍，竭力网罗，细心推敲，察人所未察，言人所未言。他文思泉涌，奋笔疾书，希望"三坊七巷融入新的海洋文明，唱响中华文明，让世界看到更好的福州、更美的福建"。

刚拿到这本书，就是大象走进丛林的景象。作者用故事结构开出一条道来，像是直接把读者领到一个高处，可以尽情地俯视这一片薪火相传、不绝如缕的文化高地。没见过这样波涛浩渺的写法，作者在心里装着 100 多个人物，让叙事角度切换自如地运转，从三坊七巷到马尾船政到宝岛台湾……他把这一切艺术而雄辩地铺展开来。作者的语言极简，是近乎口语的自然，常用短句单独做一段，直接领后面的论述，制造出强劲、重音密集的节奏，如写林则徐"一生信仰如磐，双肩道义如塔，目之所及，光彩熠熠"，写林觉民"人具才俊、志高、情切，气贯长虹，总让对手闻之胆寒，敬之三分"，三言两语就将人物深描细画出来。他深入到那个无法言说的历史深处，不厌其烦倾听那里的声音，用他厚重的深情刷新着与此息息相关的细节，谱成《三坊七巷组歌》，讴歌三坊七巷仁人志士的风采。

《海上三坊七巷》需要深读。我们应该读懂这块热土充满的人文价值和不散的灵性及才情，读懂这种家国深情，"思接千载，不忘初心，自立自强。深悟思想伟力，不负韶华，放飞梦想"。